敬自由，和無懼

寫一封信．A Letter

我希望，每個人都可以擁有想住哪裡、過什麼生活的自由，和無懼。

這是《地味手帖》出現的初始動念，依著念頭的原形，我在編輯過程中加入適合的素材，也捨棄了部分原定的材料，持續揉捏和觀察著，手邊動作的同時，心裡則想像著如客人般的讀者，會否喜愛這個從未出現過的新品。

好的麵粉、好的素材、好的手勁，可以讓揉捏後的麵糰，摸起來像是嬰孩的皮膚——光滑柔軟又不失彈性，我曾經偶然一次、碰巧好運的完成過那樣的麵糰，至今仍記得當時的指尖觸感和驚嘆。

對我來說，這本手帖的製作過程，就像是為了再次追尋記憶中的完美，而一路思索著、實驗著，料理台上有滿滿的狼籍和挫敗，考驗著完成的意志是否強大。在這個即將端上桌的時刻，我想提醒自己，揉捏成糰的麵粉，是用一念之初做成的，念頭不斷，靈魂就不散。

敬，打開這本書的你，能更靠近一點自由和無懼。

主編　董淨瑋

時刻 MOMENT

賴在山裡的早夏

in 台北士林

接近溽暑時，我們更不常下山了。除非想念大海，否則大多數的週末，我們會選擇往山裡去，一來避暑，二來小孩可以尋找夏季出沒的生物蹤跡。離家不遠的絹絲瀑布步道，沿路林相豐富，也十分遮蔭。遇見各式生物，是小孩走步道途中最期盼的收穫，青蛙、攀木蜥蜴是基本的，偶而還能發現有著亮橘色觸角的糞金龜。如果運氣夠好，看到牠正好在滾糞球，我們會蹲下來觀察牠許久，一邊摀著鼻子一邊驚嘆這小傢伙的力氣和技巧，並且期待著下次再遇見牠！

lynn sheng
bibieveryday 主理人，在與小男孩和小女孩的日日生活中持續修煉著。

Evan lin
攝影師、策展人、兩個孩子的爸爸，穿梭在工作與生活中的多重身分。

醜美人的家鄉

in 花蓮富里

在花蓮喜歡的攝影工作之一，就是拍農夫。特別是去最南段的富里鄉，那兒是稻米大本營，有一望無際的綠色稻田，即使需要一百公里以上的車程才能抵達拍攝場域，但隨季節變化的繽紛花田、綠意秧苗、金黃稻穗……讓我構思畫面時，心情總會非常好。

場景 SCENES

到這裡必吃農夫煮的飯，其中我最愛吃「高雄139號」品種。長相不顯眼，但口感Q彈、水份飽滿，非常適合做壽司米，日本人吃過後還送了「醜美人」的稱號！這裡有適合生長的氣候、有秀姑巒溪麥飯石礦區的水源、更有營養的黑黏土；黑黏土只有縱谷東側屬菲律賓海板塊的農地才有，全台有163公頃黑黏土土地，富里就佔了160公頃。如果要來富里買米，走訪巷內人都會說：一定要買靠海岸山脈那一頭種出來的米！

林靜怡
2014年來到花蓮，展開充滿挑戰的生活，租了一處需要被好好整頓的空間，用雙手一點一滴打造成「大樹影像」工作室，帶著期許自己長成大樹的目標拍照，只要好好長大，就可以照顧身邊的人事物。

有狛犬的天后宮

in 屏東恆春

在恆春的南門圓環上，有這麼一條分支是通往光明的道路（光明路），我不清楚這名稱的真正由來，但路名與現實畫面確實不像是個巧合。

每當我在夜裡經過這條寂靜幽暗的小道時，盡頭的那邊必會有道光芒，有如溫暖的陸路燈塔，總會使我聯想到漁民們信奉的媽祖，黑暗之中指引海上征討的人們回家之路，雖只有短短的幾百公尺，思緒就像被丟到了黑潮裡翻滾，「只有身處黑暗，才能感受更多光明」。

每個週日晚餐時間，這裡會陸續聚集許多飢腸轆轆的恆春鎮民，當然也包括我在內，因為恆春一週僅一次的夜市就在這裡開張了。總會與朋友相約集合在廟口前，才能在人山人海中順利找到彼此，就在這無形中，我們與天后宮有了連結，漸漸地在心目中，天后宮就成了「逛夜市及填飽肚子」的代名詞，就像是我新竹老家的城隍廟那般意思。

為了滿足對台灣傳統民俗的好奇心，我經常會走進各地的廟宇，這也才發現恆春天后宮有台灣少數留存的神社狛犬。我相信這絕對不是人人都知道的小故事，對於同樣愛好日本文化的我來說，能在生活中尋找到當初的日治遺跡，是相當有趣的一件事。

原本應該在廟口前的石獅子，竟然是當初佇立在恆春神社的狛犬，雖說如今神社不在，僅剩這對一公一母的狛犬，我相信祂們一定會繼續守護著恆春天后宮的。

邱家驊

躲在恆春十餘年的影像人，拿著釣竿就住海邊，不時也爬進山裡砍柴玩石頭。攝影是工作更是生活，快門之前是積累的日常感受，快門之後將消化成未知的養分，回饋給自己。

建築
BUILDING

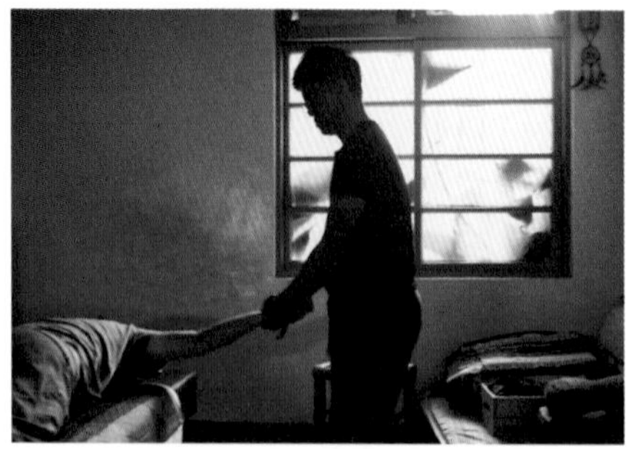

痛的存在是有意義的

in 高雄旗山

與仁義堂堂主阿葆的相識是在某個市集，他在草地上鋪起毯子、沒有任何招牌，就這麼在吵鬧的環境裡幫人推拿起來，「真是個奇怪的人」，那是我對他的第一印象。

阿葆是旗山人，離家唸書後選擇在高雄市區的大型企業工作，卻未能找到心底歸屬。最後因緣際會在常去的損傷整復館學得推拿，這看似突然的轉折也將他牽引回家鄉。

推拿工作室所落腳的老屋是緣分安排，座落於很難發現的狹小巷弄。屋內的擺設透露著他的老派隨性，空間更散發著奇妙的磁場，一走入內便感覺安然，時間的流動亦變得緩慢，心稍稍被打開縫隙，靈魂等待著被鬆動。

仁義堂一天只接二到三位客人，因為每天進行推拿的能量額度有限。客人上門後也不急著開始，而是先點香、泡茶、聊天，知道身體有沒有想說的話，然後才開始療程。沒有一定的SOP，而是跟每個人的身體對話，依照當天的狀況去掌握力道以及推拿重點，有時會依照直覺加入一些日常儀式，譬如頌缽。

阿葆入門時所學的是傳統推拿，但隨著回到旗山，心境慢慢開始轉變。我問起在旗山的生活如何，「很單純」他說，在旗山一天就算刻意也無法遇見超過五人。單純的生活，讓工作的意義也變得純粹，「都搬到巷子裡了，不是靠來客量在衡收入，那到底我想做什麼？我想對這世界說什麼？」

於是阿葆更誠實地面對自己，這樣的生命態度也表現在推拿手法上。以前的他總是直接去處理客人身體的抗拒，但現在他不會這麼想，「痛有它的存在意義、很多病症有它無法被強制處理的狀態。我們試著去理解它、順著去處理這個身體。」

順流而走，自在生活。阿葆還是那個我覺得奇怪的人，但這奇怪卻也是他最迷人之處。

邱承漢

高雄人，喜歡拍照也喜歡寫字，更喜歡真誠的人，育有一狗兩貓。2011年將外婆起家厝改建為叁捌地方生活，用幽默感及設計參與社區，過著返鄉但持續流浪的生活。

目
Contents
次

Feature 特輯

流動生活

現象觀察學

到達之前

流動文本

Local Minds 在地心眼

流動
Feature 特輯

生活

實現二地居住、自由工作的新可能

一日生活圈、二地居住的生活型態，隨著高鐵普及逐漸發生，島內人的移動速度也有如網速升級，以過往未曾想像過的頻率流動著。

當科技與交通成為助長流動的工具時，除了生活層面的往返，也引燃了某些願意探索工作型態、追求現實和理想中介者的渴求，他們以此為起點，拋下定居如定錨般不可動的選項，嘗試著讓生活有更多種面貌。在現今這個能包容身心流動的時代裡，為理想而自主移動。

FLOW

過去、現在及未來

南漂北漂，風水輪流轉

每逢年節或是連續假日，在車站或是高速公路上，都能觀察到人潮大多是往南移動，由此現象可以看出台灣有為數眾多的勞動人口為了工作謀生必須離鄉背井，假日才能返回南方的家鄉。這種現象與區域發展密不可分，而區域發展又與人口遷徙之間存在著互相影響、環環相扣的關係。

當一個地方沒落了，如果沒有能夠推動復甦區域發展的因素，人口流失的趨勢通常不易逆轉；而若一個地方已經吸納眾多人口，其所衍生的食、衣、住、行等需求及相關就業機會，也將成為維繫其繁榮的重要因素，這便是在以大台北地區為首的都會地區能觀察到的現象。

不過，這種「大家都往北部跑」的現象，在台灣四百多年的歷史中是否一向如此呢？在這篇文章裡，要帶領大家坐上時光機，探討台灣人口遷徙及區域發展變遷的過去、現況及未來。

1960年代，城鄉遷徙史上規模最大

台灣過去四百年的發展，人口遷徙扮演一個關鍵的角色；過去如此，現在及未來人口遷徙，仍將持續扮演影響台灣區域發展及其他發展的一個關鍵因素。台灣人口遷徙和區域發展的型態及特徵，主要分成下列幾個階段。

在荷治時期至清領時代，台灣人口遷徙基本上屬於所謂「拓荒及墾殖」型態的遷徙類型：主要以初級產業維生的人們，跋山涉水尋找一片水

土豐美、能夠賴以為生的無主之地，就此安家落戶。一直到日治時期、１９３０年代進行工業化政策之後，台灣才開始出現西方國家在19世紀因工業化發展驅動的大規模城鄉遷徙。從人口及發展的角度來看，這是一個重大的轉變，是人口由鄉村搬往都市及各類新型態發展的出現。

第二次世界大戰期間及戰後的１９５０年代，台灣各類發展陷入停滯，人口遷徙型態基本上和日治時期沒有太大差異，直到１９６０年代因為發展出口導向勞力密集產業，台灣開始出現有史以來規模最大的城鄉遷徙，最主要的淨遷入地分別是台北地區及高雄地區。現在或許很難想像，不過在這個時期，高雄的家戶所得排名全台第二，房價跟台北不相上下。

人口流動的流動變遷

林季平

中央研究院人文社會科學研究中心副研究員，研究專長為人口遷徙，勞工流動、科學計算及資料科學等。在高雄出生成長，在台北求學及成家，親歷台灣南北四十年發展大變化，希望自己的研究能成為改善城鄉發展不均的著力點。

１９９０年代，發生北漂關鍵轉變

但是自１９７０年代末期直至１９９０年代初期，台灣發生另外一個區域發展及人口遷徙的重大轉變。因中國經濟改革開放、東南亞國家經濟體興起，台灣傳統勞力密集產業漸漸失去競爭力，加上石油危機等因素，使南台灣石化產業及重工業、傳統產業開始沒落，使得人口由其他地區往北部集中。這次大變遷裡，大台北都會區是最大贏家，而原本相當繁榮的高雄地區則開始陷入長期發展停滯狀態。這是一個非常關鍵的轉變，目前北部地區一枝獨秀的發展情形，由台灣過去四百多年發展的歷程來看，只是最近三十年來的事情而已。

如果回顧１９９０年代初期至

2010年這20年間，會發現台灣內部勞動市場及勞動條件發生許多重要改變及轉型。1960年代至1980年代末期，是台灣由農業社會開始轉型為工、商業社會的時代，農民們紛紛拋下鋤頭拿起鎚頭，但到了1990年代，傳統產業開始大量外移，這些「做工的人」卻無法順利經由遷徙轉換至快速成長的服務業部門；因此1990年代最重要的議題就是中高齡勞工失業問題。

加上2000年之後所謂「零工經濟」興起，從正面看是強調勞動彈性思維，卻也導致勞動條件快速惡化，而在此同時因全球化關係，內部生產線外移加速及規模加大，這使得貧富差距及社會不均等逐年增加，原本遷徙可以促進社會流動，在此地失業的勞工可能在彼地找到工作，但

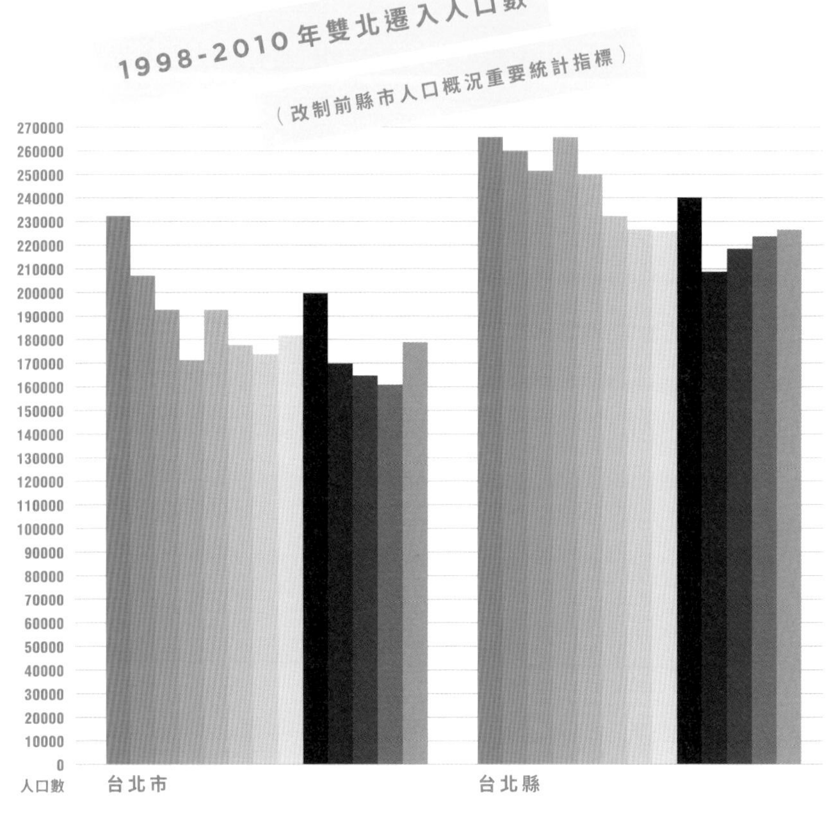

是當整條iPhone生產線都外移到中國，美國的工人就只能失業了，因此遷徙所能帶來的社會流動效果逐漸失靈，邊際勞工問題開始變成重要社會議題及社會衝突導火線之一。

2018年縣市人口密度

0-100
101-200
201-500
501-1000
1001-3000
3001-5000
5001-7000
7001-9000
〉9000

人口數／平方公里

國際移工，取代中高齡勞動人口

自日治時期開始至1990年代初期，台灣的人口體系基本上是封閉的，這種狀態直到1990年初期開放外籍移工，及1990年代末期跨國婚姻開始大量增加，才開始產生結構性變化。以外籍移工為例，雖然他們對台灣人力短缺貢獻很大，但在1990年代初期至2010年間移工總數快速成長下，與同質性高的本地勞工之間產生競爭關係，在移工集中地區例如新北、桃園等地，本地勞工因工作被取代而外移，另一方面，非移工集中地區的本地勞工也難以藉由遷徙至工作機會較多的移工集中地區獲得工作。

引進移工的正面效果之一是可以減少雇主的機會成本，例如醫生、律師等具備高度專業的勞動人口若聘請移工協助家務，就能有較多時間專注於本業，只是這樣的正面效果主要在移工集中地出現，但運用移工所產生的負面效果卻由非

圖表資料來源—中華民國統計資訊網—縣市重要統計指標
圖表繪製—D-3 Design

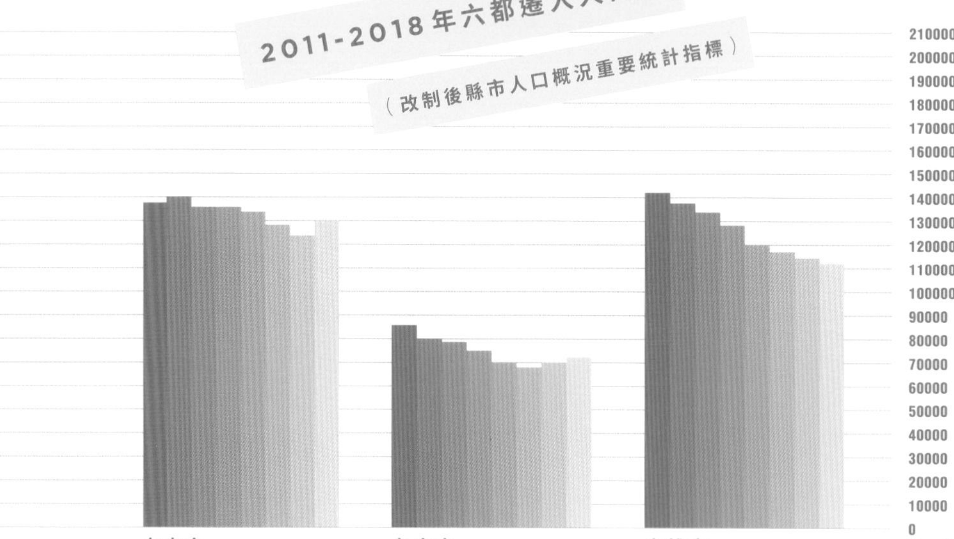

移工集中地區來承擔，這形成另外一種看不見的區域發展不均等及隱性社會不公平現象。因此自1995年後約有十年時間，移工是否影響本土勞工就業及間接造成本土勞工失業，變成一個重要的公共政策及社會發展的爭論議題。

但是在進入21世紀以後，這種情形已經產生本質上的變化。主因是台灣少子化及人口老化影響愈來愈明顯，再加上人口數最龐大的戰後嬰兒潮世代開始步入中老年階段，因此移工對本地勞工工作的取代及阻礙效果開始大幅降低，相較之下互補效果開始變得更為顯著，舉例來說，根據媒體報導，許多高齡化農村的農事其實都是靠移工在維繫。在此趨勢下，長期在台有豐富工作經驗且已融入社會的移工，將是另一種形式的重要資產，因此台灣應該嚴肅思考，是否給予特定移工永久居留權的可行性。

向北行，不再是唯一方向

這幾年，台灣的政治、經濟、社會結構發展失衡進一步擴大，特別是南北差距仍沒有太大改善，北部地區仍是遷徙最大受益者，主要受益於相對年輕、具備專業技能的勞動人口淨移入，以及低技術勞動人口因工作被移工取代而移出；而其他地區（特別是南部及東部）沒有明顯變化，仍陷於年輕人口持續外流、超低生育率及人口老化，難以進一步發展的困境中。雖然政策早已設法平衡此一失衡現象，但效果仍然不彰。

未來的發展有幾個特點值得留

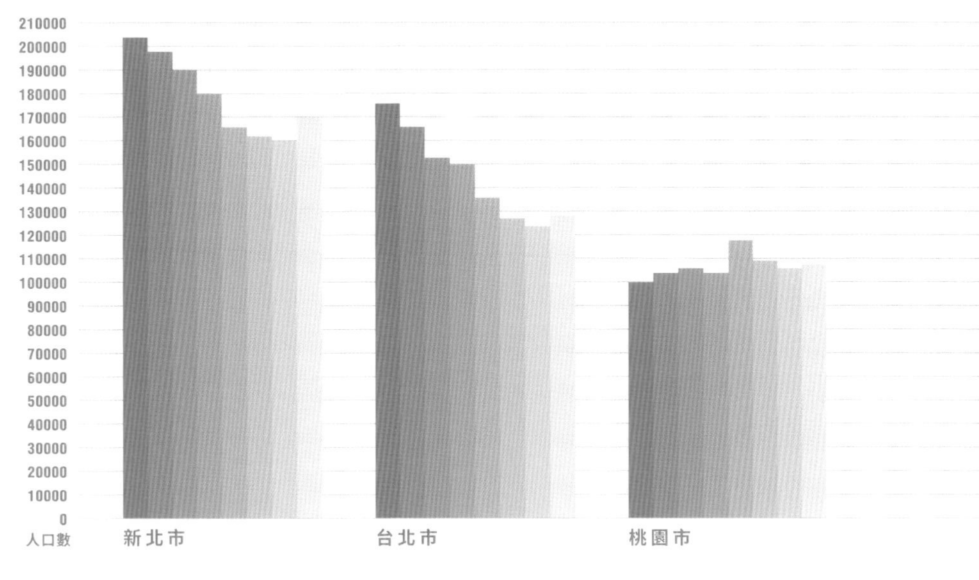

2011 2012 2013 2014 2015 2016 2017

遷徙 vs 流動

簡單澄清一下人口遷徙及人口流動兩者間的差異。人口遷徙是人口流動的一種，但一般人常將人口流動和遷徙混為一談。
人口流動包括像通勤、出差、就學和工作及婚姻變動、更換住宅、交通運輸、旅遊等因素造成的人口移動。人口遷徙和其他類型的人口流動最大的差別是，人口遷徙牽涉到居住地和工作地的永久或長期改變。因此像是因公出差、工作短期外派、通勤、旅遊等類型的人口流動，並不能稱之為人口遷徙。

POINT!

意。首先，北部地區雖然仍是人口遷徙的贏家，但由於已達到發展飽和情況，物價、房價和生活成本不斷提高，使得北部地區對人口遷徙的吸引力已下降許多，甚至出現明顯的人口外流情形，當林強〈向前行〉歌詞所說的「阮欲來去台北打拚」不再是唯一選項，這或許會成為其他地區的復甦契機。

另一方面，當討論地方創生、城鄉均衡發展時，所著眼的不僅是讓偏鄉有更好的發展機會，也因為當高度發展區域幾乎集中在北部，就使得台灣有如一個頭重腳輕的人，或是將雞蛋全放在同一個籃子裡，以風險管理角度來看是相當不智的。因此如何創造吸引人口遷徙的誘因，使沒落地區及低度發展地區得以復甦，將是目前及未來發展的重要課題。

現象觀察學

人們與地方之間的關係，將不再只是居住關係，而是能在此好好生活。

林承毅

林事務所執行長＆服務設計師，政治大學傳播學院兼任講師，經常擔任活化相關計畫審查委員，自詡為地域活化傳道士，信仰創生未來學。2015年起開始散佈地方振興的福音，2020年與一群地域實踐者組成「台灣地域振興聯盟」，期盼能提出源自台灣土地的創生論述。

2013年，日本總務大臣增田寬也有感於「高齡化」、「少子化」與「地方過疏」三項看似不可逆的狀態交錯夾擊日本，因而提出「日本消滅論」，眼看未來城鄉人口結構嚴重失衡，該如何有效突圍成為當務之急，如何逆轉每年15萬首都淨移入人口必然是箇中關鍵，日本便是在這樣的目標底下，展開一系列的活化策略及戰術。

旅人以上，居住未滿

「關係人口」的概念推廣，就是一項以城鄉人口位移為主要目的的核心策略：如何讓一群居住在城市，卻對某些特定地點有依戀感的人們，能不再僅止於嚮往，而採取進一步行動移居地方？當他們認知到自己身處「旅人以上，居住未滿」的區間，有沒有可能透過增加接觸及互動理解，讓他們產生新的想法，最終成為地方未來發展的即戰力？

要吸引人口移居鄉村，並非只靠增加就業機會這麼簡單，如果只是純粹因求職而來，會不會很快隨著工作結束就又離開？當地方的價值沒有被看見，人與地方不存在依戀，光期待產業，將難以真正活化地方。

日本現今的移住風潮，絕非純粹是現階段所看到的補助金、地域振興協力隊或關係人口這類政策工具所造就，隱而未顯的部分包含過往20年對於社區營造、重共識輕發展的路徑反思，更重要的是十多年來隨著電視節目「來去鄉下住一晚」

台灣交通的便捷性，串起城市與鄉村，讓距離不再是障礙。

人與地方不存在依戀，光期待產業，將難以真正活化地方。

所掀起的故鄉熱，打破鄉下就是又老又窮的刻板印象，並將其塑造為具有獨特生活風格及魅力之療癒聖地。此外，２０１１年的３１１東日本大地震，也是一個關鍵轉折。

前所未有的災害降臨，讓許多居住在繁華都會的日本人，第一次感受到災害的無情及無常的接近，人命及城市間的脆弱，造就人們對生命意義的反思：真的要繼續過著這樣的生活嗎？我期待能吃到新鮮無核汙染的食物，我想要我的家庭在更為安全的環境，人生不應該是線性，而是能有更為多元的選擇。因此，當地方創生相關政策一推出，數年累積心中的念頭一股腦隨之被開啟，遍地開花的行動展開，造就現今西日本，包含四國、九州，甚至離島沖繩所掀起的一波島內移居潮。

少了依戀感的二地居

回過頭來看，台灣是否也會循著日本的軌跡與路徑前進？從我的長期觀察來看，對比日本，台灣似乎少了一個契機，讓人對於城鄉之間的可能性，無論是生活、工作有更進一步的體悟，但反過來說，台灣的尺度以及交通便利性，似乎也開啟了另一個有別於日本的模式與機會。

回顧台灣過去的人口移動及發展，從早期的中南部往北部集中，到近期桃園台中成為人口成長的雙核心，可知台灣的人口問題不同於日本的首都移動，而是呈現高度集中包括大台北在內的六都，面對地方創生的一連串課題，台灣有可能與日本一樣推動「移居」模式嗎？

我想「二地居住」將是更適合台灣國土面積與移動範圍的做法，當城鄉之間數小時可及，綿密的交通路網，發展中的軌道建設，以及高速鐵路的串連六都，讓一日台灣生活圈早就已經是許多商務人士的日常，也因此，或許有人會說，二地居不是早就有人在實行了嗎？

然而，以求職為主要考量的二地居，多半是遷就於工作發展或公司責任，並不是出於依戀該地或其他自願性理由之下的選擇，因此旅居關係多伴隨著任務結束劃上句點。這裡想提出的「新二地居」模式，某種程度上有別於前者。

不只是居住，是一起捲起袖子

隨著這幾年人們生活型態及工作模式改變，慢慢有一批嚮往在地生活的非退休族群，因追求有別於主流的價值觀、工作及生活的平衡感，因此選擇過著一日往返城鄉之間，或是不定期進行短期移居的生活，在這樣的過程中對特定地方的人、事、物產生依戀感，而成為先前所提到的地方「關係人口」。

這群人可說無比多元，從大家可想見的自由撰稿人、風格設計師、專案企劃者等只要有網路即可開工的自由工作者，也有許多企業人士如風格產業的董事長、科技業小主管。

隨著交通便利、網路發達，及地方支持系統隨著更多返鄉青年的投入而發展更為健全，咖啡店、青旅宿如雨後春筍的出現，讓人們更容易在地方找到落腳處，思考如何與地方建立更為長久、頻繁的關係。在還未能真正走向移住之前，如果每個人都能在地方有第二個家，從而建構在地的認同感，享受有別於城市之外的另一種生活模式，起而過著四天都市，三天地方的生活節奏，這時人們與地方之間

茶籽堂創辦人趙文豪，展開朝陽復興計劃，透過二地居的模式，帶動宜蘭朝陽社區的整體發展。

的關係，將不再只是居住關係，而是能在此好好生活，唯有貼近地方的脈動，你才有可能與它一起做些什麼。

讓流動性所帶來的便捷與安全感，帶來想到這裡生活、並想要捲起袖子一起努力的關係人口，地方將會是新世代可以施展手腳的新天地，反過來也為地方解決了人手不足、缺乏具創造力人才的燃眉之急，從此不再有本地與外地之別，而只有地方認同，成為彼此之間的默契，透過流動打破了地方的壁壘，開放引進打破地域沈睡已久的活水，將是地方得以永續存在的希望。

在過去幾年，身邊已經有許多朋友開始實踐這樣的新可能，包括知名的生活產業創業家，在台東都蘭建立起他的新天地，展開台北台東二地居的美好生活；居住在台北的國際高階廣告人，期盼能協助地方開創餐飲新模式，因此開始過著台北、新竹、台南三地居住工作

> **不再有本地與外地之別，而只有地方認同，成為彼此之間的默契。**

生活的模式；還有知名的商業攝影師，屏東不只是每回工作累了，能回去躺一下的家，而是能運用他的專業來擦亮故鄉魅力；還有一位城市長大的企業家，在緣份驅使下，透過流動來為地方注入能量，也預約了未來在地支援系統完備時，展開二地居的新可能。

屬於台灣的「新二地居」模式即將展開，這不僅是地方人口過疏的解方，也是新一代生活型態及價值觀的新選擇，對於面積不大、人口稠密、人與人距離相對緊密的台灣而言，也許「移居」依舊是地方創生的終極目標，但能否讓二地居的模式先行，讓「流動性」弭平城鄉距離，當人們能為兩地創造價值，當地方重新被看見、被需要並找回自信，這才是創生年代，我們所期待的地方新未來。

02

現象觀察學

時代改變了我們對時空概念的理解，過去二元對立的城鄉發展態度也變得模糊。

陳玠廷

農業科技研究院農政中心研究員，來自嘉南平原，所學與從事過的工作都跟農業與鄉村發展有關，目前最感興趣的議題，是在地化的地方創生如何可能。

農村生活，漸漸成為當代少部分年輕人思索未來的一個選項。

自台灣將2019年訂為地方創生元年，很快地一年過去了。假使把「地方」的指涉範圍先限縮在鄉村或農村的話，我們又再一次經歷了對於如何消弭城鄉落差的討論與爭論。在看似舊瓶裝新酒的老調重彈中，如何為因人口流失而失去活力的鄉村創造人口回流的支持系統，是各界都關心的共識，也是本文的重點所在。

不再訴諸悲情的鄉村生活

城鄉間人口的移動以及不均的發展，是一個舉世皆然的現象。如果把時間回推半個世紀，當時大量的人口由農村往都市移動，並不純然只是一個物理空間的移動現象，當中也蘊含了對於改善生活條件之階級流動、社會流動的渴盼。因此，在許多討論地方創生的場合中，我總習慣播放林強的〈向前行〉與林生祥的〈風神125〉作為開場，透過音樂的敘事感受在社會發展的進程中，社會大眾對於都市是一個好的生活環境、能夠出人頭地的嚮往，以及隨之而來對於留在農村、回到農村的排斥。

但所謂「好」、「有品質」的生活指的是什麼呢？客觀而言，相較於農村，都市無疑地有著較佳就業、就學、就醫的便利性，在各種軟硬體公共服務的表現上亦較完善；然而我們也同樣可以在親身經驗與媒體報導中，看到農村生活漸漸成為當代少部分年輕人思索未來的一個選項，而且在心態上也不若〈風神125〉般訴諸悲情。儘管如此，曾經在與各地返鄉青年聊天的場合，聽到他們半開玩笑地說：

「剛回來的時候，最大的困難就是沒有朋友⋯⋯」

「在這裡，我們如果想跟朋友聊天、討論事情，要找個適合聚會的空間都很困難！」

「我雖然喜歡鄉下的生活，但還是會想要唱歌、看電影啊，但就要開車到附近的某某市區才行。」

「我兒子現在還沒上學，等到

他要上高中時可能就會面臨搬回都市的壓力了！」

也因此，當地方創生做為一個以人口戰略為訴求的國家型政策，創造在地就業機會只是讓人有機會留下來的其中一個因素，若無法具體回應前述主觀、心理層面的擔憂，將與過去關於「如何促進返鄉」的思考途徑並無二致，從結果來看也不容易在短時間內改變城鄉人口結構「生不如死、入不敷出」的現況。然而，在日本關於「關係人口」的討論裡，我們看到了另一種可能性：兩地間往返的流動。

一個比都市更具有韌性的地方

關係人口的討論基礎，在於務實地接受城鄉間的人口移動有其結構性的限制，所以難以期待返鄉、定居能夠有一蹴而就的效益。進一步，透過「與地方情感」、「涉入地方事務程度」兩面向的分析，清楚了解與地方相關的人有哪些類別，並依據不同的屬性規劃行動策略。

透過關係人口的分析將人口流動做為維持地方發展系統運作的核心，為了兼顧生計與生活的考量來促進地方人口的社會成長，日本四國德島縣神山町跳脫了要「創造就業機會」的窠臼。嚮往神山町的生活環境卻找不到在地的就業機會？那就想辦法讓已經有工作的人移居到這裡吧！在地的產業容納不了這麼多的人流？那就讓那些不必然需要仰賴地方資源就可以運作的產業進駐啊！神山町具體的做法包括善

1

1 神山町想辦法在傳統農村聚落環境，打造符合現代氛圍的工作環境。 **2** 被神山町氣氛吸引而來的許多新創組織。（本頁圖片提供／金魚。厝邊彭仁鴻）

用ICT技術，提供多元的工作環境，甚至是鼓勵總部位於都會區的公司行號在這些地方設置分部，建立員工輪調分區辦公的機制。

英國新堡大學（Newcastle University）鄉村社會學者馬克．沙克史密斯（Mark Shucksmith）認為，當代的鄉村具有許多吸引人的特質，比方說：社會包容性高，房價、生活成本較低，只要公共建設、數位基礎建設能夠符合居住者的期待，鄉村會是一個比都市更具有韌性的地方，能夠迅速地適應、回應外部的變化。

其所謂的韌性，意即鄉村地區較具有保留、兼容過去傳統價值以及創新變革的能力。在這樣的討論下，若能善用鄉村的優勢，創造移居或往返於城鄉的人口流動，是未來鄉村發展的重要動力。

城鄉發展不再二元對立

台灣的客觀條件相較於日本，更具有以兩地往返作為移居替代選項的優勢，包括城鄉間的物理距離較短、網路寬頻涵蓋率高、多數都市居民有著來自農村的家族背景等等。因此，無論是透過第二故鄉的方式，增加都市民眾在農村中生活的頻率；或是透過通勤的方式，每日往返於城（工作）鄉（居住）二地，乃至於如神山町的作法，鼓勵嚮往鄉村生活又沒有工作場域限制的人遷移至遠離塵囂的鄉村，都是可能的思考模式。

時代的變遷，改變了我們對時

日久他鄉是故鄉，透過關係人口找到每個人留在地方的角色。（圖片提供／金魚。厝邊彭仁鴻）

空概念的理解，過去二元對立的城鄉發展態度也變得模糊。過去被視為實踐夢想的都市，以及被安排扮演社會安全辦、那個「人回來，家中就是多一副碗筷」的農村，都已不必然存在絕對的界線。

然而，以頻繁的城鄉往返作為促進鄉村發展的人口流動策略，需要交通便捷的改善與提升作為配套。交通不僅影響了外地人口親近農村的便利性，對有意長期生活於在地的人而言，也是改善就業、就學與就醫條件的重要途徑。

對某些倡議者來說，人口的流動是把潛藏隱憂的雙面刃。

需要提醒的是，人口動力的結果作為地方發展的重要因素，其影響所及包括在地產業與生活風格的轉變。對某些強調社會文化取徑的倡議者來說，人口的流動是把潛藏隱憂的雙面刃。因此，透過各種居住、就業形式創造地方的人口流動，讓這些人在生活上的各類需求得以被滿足，甚至形成地方上產業的需求固然重要；但另一方面，如何擴散這些人的社會資本為地方帶來正向的關係人口，其關鍵取決於地方所提供的生活風格，是否能夠適當地呈現出在地獨有的價值。

因此當人口的流動成為地方創生的關鍵詞，其推動、思考的重點或許要將這伴隨而來的衝突也納入考量，進而形成自發性、制度性改變的能量。

宜蘭頭城與德島神山町的經驗交流。（圖片提供／金魚。厝邊彭仁鴻）

只要在路上，前方就是想去的地方

文字—小海　攝影—李維尼

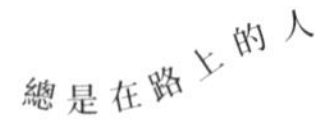

總是在路上的人

01

台南市 ⟷ 台東縣

556公里，是五洞堂來回書粥的距離，是平原與汪洋的視野替換，是每平方公里人口密度從近千人擺盪至十位數。是高耀威的三十而立與四十不惑，反覆穿越小島山脈尾端，他駕馭自身的移轉，展開地域與理想的流動。這場人生歷練折返跑，動能不是來自西部或東部的哪一地羈絆，而是上路心情。對他來說，只要在路上，前方就是想去的地方。

FLOW INFO

移動縣市和停留頻率：台南市中西區←→台東縣長濱鄉，時間各一半。

移動交通方式和成本：自行開車，單程油資800元，加上通行費等每月約2000元。

兩地居住來源：台南自租（與家人合住），台東自租，營業與居住一起。

經濟謀生模式：去年前半年是當顧問、兼課和演講。現在是在台南經營食堂，而書粥的收入則是販售二手書，但金額都用回在店內運轉。

高耀威

思考每個現在！

「我開車不太休息，這段路程專心開，大概四個多小時就到了，不算太長。」駕駛著天藍色福特Magic，即便車上音響已經故障十年，爬起陡坡引擎偶而喘氣，高耀威卻開著它來回上百公里路程。每次出發都如第一次那樣精神抖擻、每次抵達也如第一次那般坦然心安。

「我覺得開車很像在休息。」準備離開五洞堂前，他會把狗交代給妹妹，跟店裡的主廚說一聲，然後陸續將募集來的二手書或物資搬上車。每個月往返台東書店與台南食堂的高耀威，像是一人分飾二角的翹翹板選手。他必須即時來回奔跑，才能施力彈起理想的運作。

這單趟將近三百公里的旅程他從不覺得疲累。「車子開久了身體會進入自動化，真正在開時不會花很多精神想，就是沿著路前進。」「那種時候我總是感覺特別清明，大腦可以好好專注思考。」有如行禪一般，對多數人來說看似無聊的駕駛旅程，卻意外成為高耀威磨礪靈魂的通道。「兩地移動的生活其實充滿趣味，在這樣的擺盪中可以發現生活本質；許多事情我都是在開車時想清楚的。」

1 高耀威無論在哪，都認為構成生活的是細節與專注感受。 **2** 在書粥，簡樸的居住所就足以應付食衣住行所需。 **3** 不同的店長在相同空間裡，協調出共振頻率，讓書粥多元又充滿魅力。

以階段，銜接起來的移轉人生

信賴直覺的他，發現自己人生到了不同階段總是有不同召喚。「這兩三年我常夢到一輛小小的車，賣粥也賣書，只要可以維持一個人生活的形式就好。」恰巧因為朋友邀請，他來回台東長濱數次，夢的樣貌在這裡逐漸成形。不過不是一輛車，而是街尾的一個小店面。書粥誕生時也不是他決然一人獨撐，而是開放邀請陌生人申請以工換宿，跟自己輪流當班常駐。

就是一個念頭、不是特別複雜的構想，十年前落腳台南開店也跟經營書粥類似。三十歲初期，在台北工作收入頗豐、初嚐巔峰的他，卻不打算遵循父親曾經的飛黃騰達，而是選擇甘苦酸鹹都有的均衡人生。離開台北打算開間小店，因為與朋友散步台南，瞬間傾心在古都閑散自在的步調。這一搬就是十年人生，並在後期因為生活有了餘裕，開始與街坊鄰居創造出精彩又豐富的正興街傳奇。

「來回兩邊的工作與生活，很像鏡子不斷對照，彼此催化成不同養分。」數百公里的往返難不倒他，截然不同的居住環境和工作內容也甘之如飴。其實關於移動人生他並不是第一次嘗試。

去年高耀威的工作以授課、顧問、演講等彈性形式進行，因此不斷搭機、自駕頻繁來往台東、澎湖、台南之間。再更早一些經營服飾店時，他提出「月休十九」的半個月工作半個月休假獨特形式。「當你真正擁有自由時，才會用意志與想像去實踐想做的事。」高耀威似乎對於調配空間和時間，有著成熟想法。

「從小因為爸爸的工作關係，我在不同城市都生活過。基隆、香港、澳門、台北、桃園、北京……」他的年少記憶被洋洋灑灑標記在地圖上。而諸多隨著空間移轉的機會與命運，也讓他在異地學會相處和自處。

「可以在固定的地方生活很美好，左鄰右舍的溫暖讓人感受到家的情懷。」台南是他長大後人生駐留最久的逗點，在這裡交織出來的日常有它豐沛的樣貌，只是對於是否要稱呼這個充滿情感與牽絆的所在為「家」？高耀威相信，家是找尋想要生活的地點，不一定需要被狹隘定義在具體所在。

計畫，就是順著本能選擇

「整體來說在台東的時間還是比較短，但有時候來了會捨不得離開。」年屆四十，他繼續挖掘對生活的想像。移動到書粥，他降低對物質的需求、體會單純的人際交往，本質上也許就宣告著年輕喧囂的時段已過。「在這裡我睡得比較沉，不過時間長短倒是兩地一致，而在台南時頭腦的節奏比較快。」

「我不會比較兩地的生活，應該是說我知道在兩地都有適合的狀態。」現在的他喜歡來回遷徙的循環感受。「一直留在同個地方，會開始有黏膩感。像浪子一樣離開，

來回兩邊的工作與生活，
很像鏡子不斷對照。

1 喜歡找鄰居串門子的高耀威，因為認識熬煮蔗糖的阿公，迷上濃郁香氣的手工黑糖。 **2** 在台東生活一切從簡，入夜後常常寂靜無聲，看似什麼都沒有，卻是最好的時刻面對豐富的自己。 **3** 在巷尾的一隅黃光，是長濱街上溫暖的指引。

反而對接觸的人會有新的反芻。」坦然說明投入過正興街的精彩，現在開間食堂讓身影繼續逗留，是因為內心的想做，而不是因為他人期待的必須做。

「往返兩邊讓時間有限，反而每次就會集中把事情做好。」追求當下的直覺與義無反顧，無論是在書粥維護環境、擔任店長，還是在五洞堂招呼客人、企劃方向，他發現自己越來越不會去預想未來生活的樣貌。以前還會想著五年後、後來變成只想三年後，但此刻的他，思考每個現在。

「我沒有特別計畫什麼，應該說就是順著本能選擇。」人格中帶有移動和開放的特性，從正興街到長濱，高耀威發現自己一直在練習對物質的重新理解。當初離開台北捨棄名聲與利益，或許就是練習的開始；到台南有段時間打造免費商店，看見人與物的互動、需要與想要的差別；所有過程都促使他解構「擁有」這件事。所以經營書粥，與許多素昧平生的陌生人一起福禍共享。這種嘗試並不是莫名跳躍的突破，而是承接著過去經歷的每分每秒。就像如今生活來自兩地遷徙，對他來說也只是延續日常的樣貌，但調整了密度。

往前走，讓羈絆回歸到最初

「在台南或台東生活，基本上都避不開人的連結與相識。」在台南生活時他享受互動，也理解到羈絆。如今再往前走，他試著讓羈絆回歸到最初緣由。「我喜歡大家互相幫忙的感覺，喜歡噓寒問暖。而這是互動還是羈絆，差別就在是否發自內心去做，而不是變成義務。」

「因為不停移動，就會跟大部分的人事物降低互動。」當羈絆的密度消弭，再次回到人與人真誠的期待彼此，自由度提高，也就隨時可以做出轉變。「這種靈活的轉變，才能做出每個當下最需要的調適。」做喜歡的事，把事情做好，投入當下，這是高耀威之所以能始終保有活力和想像力的動力。過往經驗讓他領悟到，有些東西也許可以協助你接近理想，但當你為了選擇那些卻產生羈絆時，最終反而阻礙了自己前往理想生活。

「兩邊的生活都會有各自煩惱，也都會為另一邊帶來解方。缺少其中一邊，都可能讓我無法創造出另一邊的生活。」移動生活困難的從來不是移動，而是決定方向。關於方向，高耀威已經找到，此刻正在路上。

妹妹

高筱婷

搬到台南與哥哥住接近一年，目前也一起在五洞堂工作。以妹妹的角色來說，由於搬來時他已經開始台東台南兩地跑的生活，所以其實也沒有什麼不習慣。倒是因為過往我都是自己住，所以反而是每次哥哥從台東回來家裡時，多一個人我得去習慣。

以食堂工作人員的角色來說，哥哥在店裡主要負責的是發想和粗工，目前作法通常就是累積到等他從台東回來，再一一解決，也不算太大的影響。至於看他每個月必須這樣來回，台東和台南距離也滿遙遠，我自己是做不到，感覺很累。但哥哥喜歡這樣，他自己可以調配，我希望他開心就好。

VIEW 2

食堂共同經營者

謝宛諮

我跟耀威認識十年，看他現在這樣跑來跑去，不只我，很多朋友都覺得他太辛苦。但他看起來是滿樂在其中，而且他說去台東可以有休息的感覺。不過，每個月這樣開車往返，實在是需要鋼鐵體力。

一開始聽他提到要去台東開店，有嚇一跳，但我知道他常常有這種天馬行空的想法，所以大家都想說可能過陣子就打消了，沒想到持之以恆到現在。耀威的童心很重，他沒有把這些事情看成工作，所以兩邊跑，就像去台東玩耍和回台南的家。總之，他自己能夠安排，我們都很支持。食堂的部份，因為我們的分工還不錯，所以他離開不會太有影響。反而是他每次回來進廚房我們會緊張，因為他個性比較急。

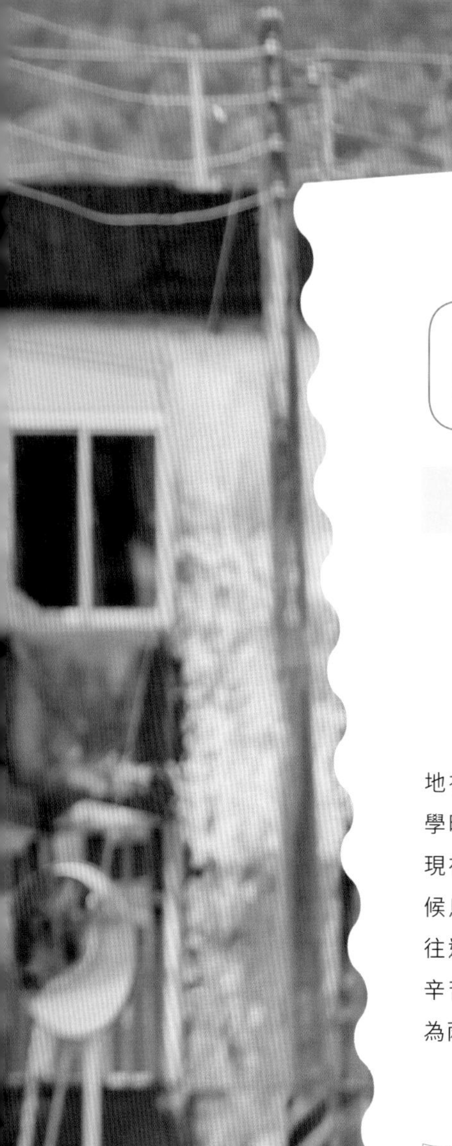

總是在路上的人

02

新北市 ←→ 台北市

如候鳥般，在二個家之間遷徙

文字—林書帆　攝影—Kris

地衣是一種固著一地的生物，不過大學時代以地衣為研究主題的陳科廷，現在過的卻是有點類似候鳥的生活，候鳥是隨季節遷徙，陳科廷則是每週往返於坪林與木柵之間，而他不覺得辛苦的原因，或許也跟候鳥類似：因為兩邊都是他的家。

FLOW INFO

移動縣市和停留頻率：新北市坪林區←→台北市木柵，一週大約有三分之二到四分之三的時間待在坪林。
移動交通方式和成本：大眾交通工具公車為主，或搭家裡人的車。每個月約500元以內。
兩地居住來源：皆為家人住處。
經濟謀生模式：申請各單位計畫案，目前主要的案子有文化部青年村落文化行動計畫、台北市社宅公共藝術計畫。

陳科廷

持續採集！

從新店捷運站搭上公車，只需半小時多一點的車程，就能從鬧區抵達幽靜的坪林鄉間，陳科廷創立的「採集人共作室」便坐落於此，共作室的二層樓建築是他的家族老宅，距離老宅僅數百公尺處，就是改變北宜居民移動模式的雪山隧道，共作室旁還留著隧道開鑿期間出租給工人的簡易工寮。

來來去去的坪林人生

交通發達讓移動生活變得更容易，但對於坪林的影響，卻很難用是好是壞一概而論。

陳科廷家中經營茶行與雜貨店，據他觀察，當地零售業的顧客因雪山隧道開通而減少，「因為現在到台北的大賣場更方便了。」坪林曾是北宜公路上的驛站，雪隧開通後車潮、人潮不再，卻也促使當地思考如何轉型發展，全國第一個低碳旅遊中心便是在此設立。陳科廷說：「另外對於只有衛生所及行動醫療車的坪林來說，新公路也增加了就醫的便利性，通勤時間也縮短了。」

「很多坪林人都有至少兩個家，」陳科廷解釋，為維護翡翠水庫水質，坪林被劃為台北水源特定區，不能任意建造新建築，只能整修原有房舍，加上就業機會等因素，許多坪林人有了一定經濟能力後都會在台北市或其他地方置產，通勤十分普遍。他也因為父母職業的關係，從幼年就開始過移動生活：「我媽媽原本在坪林戶政事務所上班，後來先調到三重再調到新店，我上幼稚園時就搬去跟媽媽一起住，爸爸仍在坪林的茶行工作，晚上到新店的家陪我們，假日時再一起回到坪林。」

無法二分法的工作與生活

從小就開始移動人生的陳科廷，為何會對地衣有興趣呢？「其實我最想讀的是像森林系這樣的生態相關系所，但我爸爸擔心會不好找工作，填志願時就把中興大學植物病理學系排序移到前面，因為他覺得可以往生技產業發展，但沒想到我最後還是回來做我想做的事，不過經由我媽媽的解釋，他也漸漸被說服、了解我在做什麼了。」

1 室內的花花草草透露出陳科廷對植物的熱愛。 **2** 共作室所在的二層樓建築是陳科廷家族老宅。

1

交通發達讓移動生活變得更容易，
但對於坪林的影響，
很難用是好是壞一概而論。

2

陳科廷中興大學植物病理學系的同學，研究的幾乎都是要用顯微鏡才能看到的微生物，他之所以選擇地衣作為研究主題，主因是它可以在野外直接用肉眼觀察到，能滿足自己置身自然環境的喜好。他解釋：「地衣是一種很奇妙的生物，它是真菌與藻類的複合生命體，如果硬把兩者分開，藻類還能生存，但真菌就會死亡。」地衣顯然不是動物，但也不是單純的植物。就像陳科廷的工作與生活，很難下一個簡單的定義。

如同地衣是一種複合生命體，陳科廷身上也複合了兩種主要角色：具研究精神的科學家以及具人文精神的藝術家。「我喜歡植物也喜歡藝術、人文，所以高中時就對未來要走哪條路很掙扎。」幸運的

1 朋友拋出的疑問，促使陳科廷回到坪林，想為家鄉做點事。 **2** 有著悠閒步調的坪林老街。
3 陳科廷正與夥伴們討論如何帶領學生進行訪談。

是，他的人生繞了一圈，最終還是走上了自己喜歡的道路。

採集和記錄，為了自己的地方

陳科廷研究所畢業後，遠赴帛琉、聖文森進行農業技術援助服務，回台後任職台北植物園，前往蘭嶼、南投縣信義鄉等地協助原住民民族植物調查。他回到家鄉坪林的契機，是因為某天植物園的同事拋出一個疑問：「為什麼要由我們這些外地人來記錄部落的民族植物與文化？而不是由部落青年自己來執行？」這個疑問讓一直埋藏在陳科廷心中、想要回到家鄉做些什麼的種子萌芽生長，「此外也因為台北的生活不是我喜歡的步調。」他辭掉植物園的工作後回到坪林後，先整理家族老宅設立採集人共作室，後來因緣際會申請到文化部的經費，召集了一群夥伴開始執行坪林人文山水採集計畫。

對陳科廷來說，採集的對象不僅限於實體植物，也包含人文故事。他在台北植物園的民族植物調查工作即是嘗試結合人文與科學，目前在坪林執行的計畫則是帶領坪林國中學生訪談在地居民，採集相關文史故事，藉此凝聚地方認同、保存地方知識。「現在這個計畫進行到第二年，今年我們會帶學生把採集到的故事重新作詮釋，例如改編成戲劇，或轉譯成圖像製作成染布，與坪林的染布文化結合。」

2

3

1 陳科廷帶領坪林國中學生透過走讀認識家鄉。 **2** 課程中設計使用的家戶調查地圖。 **3** 橫跨北勢溪的藍色拱橋，是坪林的地標。 **4** 坪林人文山水採集計畫希望讓更多人了解，這裡除了茶以外還有更多文化底蘊。

移動，是為了延伸和擴散

陳科廷在台北市萬華區青年社宅執行的社宅公共藝術計畫「家庭發酵室」，也體現他嘗試結合科學與人文的企圖。

他說明，這個計畫主要內容是帶領參與者認識微生物、製作發酵飲料，但不僅止於此：「家庭發酵室使用的菌種其實也是移動遷徙而來的，這要追溯到我先前參與過的『科藝實驗製造所』，因為這個計畫的因緣，我獲得了幾種遠從瑞士而來的菌種，並把這些菌種們的遷徙過程繪製成家族地圖。」

把這些菌種發給青年社宅工作坊參與者時，陳科廷同時也會告訴他們這些菌種是如何遷徙來到此地：「這些菌種包含了酵母菌、醋酸菌、乳酸菌等不同的微生物種類，就像集合住宅裡住了來自四面八方的人一樣。發酵過程則隱喻了人與人之間產生關係的過程，最後這樣的關係會再延伸、擴散到別的地方去。」原本固著一地的微生物，因此被賦予了旅行的意義。

除了坪林與台北市之外，陳科廷有時也會前往外縣市或其他國家舉辦工作坊等活動，問及這樣的移動生活是否有辛苦的一面？他表示倒不至於：「一方面是因為不論回坪林或木柵都有回家的感覺，一方面只要我前往的地方是接近自然的環境，心情上就會比較放鬆。像我前年曾經到新加坡藝術駐村將近一個月，本來很興奮可以參觀他們的植物園，但幾天過後就覺得有點無聊了，因為畢竟它還是一個高度都市化的國家。不過我倒是從以前就想過要養狗、養羊，但因為目前的移動生活模式暫時不太可能改變，所以還沒辦法實現。」

採訪結束，走出採集人共作室時，瞥見門口對聯寫著「採萬物自然真理，集千古人文精神」，可以想見為了分享、散播他與夥伴們採集到的美好事物，陳科廷會持續移動中。

表妹

鄭仰婷

起先是覺得還滿羨慕像科廷這樣可以去很多地方又有錢賺的生活，雖然賺得不太多（笑），但後來又覺得他因為這樣常常睡眠不足，所以漸漸開始有點擔心他的身體狀況。

VIEW 2

工作夥伴

陳鈺媗

我本身也是坪林人，之前在圖書館上班，後來就想不如回來加入科廷的團隊，做一些比較有意義的事。我現在還是住松山，所以等於是從原本比較固定的生活轉為移動的生活，一方面也可以順道看看家人。不過因為我們這裡是鄉下，基本上大家都認識，所以一換工作全村都會很關心，雖然說長輩們難免還是會擔心，因為在他們的觀念裡一般固定領月薪的工作比較穩定，但我是覺得有時候就是要做一點不一樣的事情，才不會覺得自己一成不變。

VIEW 3

工作夥伴

劉盈孜

我目前是自由工作者，工作內容以地方刊物與萬華文史為主，跟科廷是在六、七年前因為申請龍應台文化基金會「思想地圖」青年培訓計畫而認識，當時就覺得這個人很有趣，去年應邀加入科廷的團隊，漸漸迷上坪林和當地的採集文化、與植物有關的傳統智慧，同時也想藉此了解科廷如何進行地方串連，把這些經驗應用在萬華。

東漂農婦的280公里西征記

宜蘭縣　台中市

向來以為農夫是最黏土地的工作，沒想到一位雲林蒜農之女，與一位台中農業資材行之子，兩人為愛迫降在蘭陽平原，卻又為了農業轉型漂泊280公里，跨過中央山脈到南投的山蕉園，重新當個資深實習生。

對現代農夫而言，移動並非只是為了討生活，而是為了適應市場經濟，演化出逐田而居的新生活型態。

文字—李佳芳　攝影—陳建豪

FLOW INFO

移動縣市和停留頻率：宜蘭縣員山鄉←→台中市石岡區、南投縣國姓鄉田地，目前是宜蘭停留數天到一週，石岡停留兩週。

移動交通方式和成本：自行開車，單趟油資400～500元，每月約2000元左右。

兩地居住來源：宜蘭自租工寮，台中住夫家。

經濟謀生模式：目前收入以稻作為主，稻米主要以網路宅配銷售，少量店家寄賣，為了每月仍有收入，也會把少部分稻米加工成米酒、米蛋捲、爆米香等食品，在網路或市集販售。

吳佳玲

就是要當農夫！

3 紙板寫著線條記號，是分辨採收次序的暗號。 **4** 香蕉園作業一待就是一天，夫妻在工寮簡單熱個便當，以石為桌簡便用餐。

南投縣細長的產業道路通往更深的國姓鄉，直到紅磚瓦厝消失在視線中，行到無人種作的偏壤坡地，卻見一片肆無忌憚的山蕉園，張揚著鐵扇公主的神器，煽熄了春末的怒火後母面。綠扇庇蔭，涼風宜人，青年農民吳佳玲與先生黃京國在蕉園作業，坐在鋁梯替山蕉凌空套袋，緊鑼密鼓地為下一波收成做準備。

對比數日前兩人還遠在280公里外的宜蘭深溝村，膝跪大地理順第一期稻作的秧苗，從稻農到蕉農的角色轉變，那不只是生活型態不同，就連下田的姿勢也差很多。

輔修果樹的非典型稻農

1 清早開著小貨卡從石岡到南投種香蕉，但這還不是吳佳玲最遠的「通勤」距離。 **2** 種稻的腳不離地，種香蕉卻需要高空作業，站在鋁梯頂的吳佳玲嚇得哇哇叫。

曾為台灣農村陣線成員、第一線運動學生的吳佳玲，2012年在「小田田農村學校計畫」牽引之下，向穀東俱樂部的農夫前輩賴青松學種稻。一年後，她選擇留在宜蘭深溝村，以自耕者身份成立「有田有米工作室」，真正成為了一名稻農。而今她的農作資歷已屆滿七年，「若是套用少年漫畫的公式設定，我現在剛剛好就是中二（初中二年級）！」這時候，勇者不就該出門打怪，展開華麗的冒險嗎？吳佳玲形容得幽默，連自己都笑得大聲。

打破傍地而生的農業生活型態，吳佳玲從去年9月開始往返台中與宜蘭，在兩地展開遠距耕作，而促使她不辭辛勞奔波的原因，是兩年前她誕下了第一個孩子。「有了孩子就無法像以前那樣自由，也

促使她不辭辛勞奔波的原因，是兩年前她誕下了第一個孩子。

（圖片提供／吳佳玲）

不能只顧兩個人溫飽就好，要開始煩惱未來的撫養費用。」吳佳玲掂了掂，宜蘭兩甲多稻田的收入，肯定無法支付一家三口開銷，然而她又不想走傳統路線，擴地增產交付公糧。幾經思考後，她決定跨出稻作領域，學種高經濟價值的果樹。

也剛好，先生黃京國的父親黃德雄，曾是東勢傳奇的三合一農業資材行共同經營者之一，長年累月替果農解決生產問題，使他成了當地備受仰賴的樹醫生。當初，黃京國原本是要回家種水果，只不過在環島旅行的途中，意外為愛迫降蘭陽平原，成了吳佳玲的長工，最後就變成了老公。吳佳玲決定主修稻田、輔修果樹，恰好也順了黃京國的人生規劃。

拿起鋤頭 認識新的自己

從宜蘭員山深溝村到南投國姓長福村，繞過半個台灣的移動距離，對於一般人來說可能很長；可是「移動」對吳佳玲來說，卻是絲毫也不陌生。

吳佳玲是雲林東勢厝人，她與多數雲林孩子有著相同命運，高中就必須兩地通勤上學。高中畢業後，她流浪到高雄念大學，接著又到台北唸研究所。22歲前，她為求學而移動；22歲後又因社會運動而移動。隨著台灣農村陣線，吳佳玲去了高雄美濃、彰化二林、苗栗大埔等地，也到反國光石化與大埔事件現場聲援，並在路途中重新認識台灣的農村。

吳佳玲出生在蒜農家庭，小時候卻非常討厭農業。「因為種田賺不到錢，學校要繳各種費用，我總是最晚交的那一位，我爸爸要是來學校接我，我總是離得遠遠的，很怕人家知道我家是種田的。」農村生活辛苦嚇跑了許多人，也包括從前的吳佳玲。直到她讀了吳音寧寫的《江湖在哪裡？台灣農業觀察》，字字句句戳中了她的痛處，「農村撫養我長大，可是我卻這麼瞧不起它！」

覺醒之後，吳佳玲把青春投注在社會運動，可是長期下來卻使她得了「運動傷害」。在４２６反核大遊行中，吳佳玲參與了佔領忠孝西路事件，面對鎮暴警察與水車的強行驅離，徹夜在街頭熱情衝撞。

「你覺得自己在做一件很有意義的

事情，可是當一夜激情過後，早上又恢復正常上班，大家一副什麼事情都沒有發生的樣子。」吳佳玲感覺很受傷，離開了家鄉，都市卻不需要自己。

當吳佳玲來到宜蘭學習務農，自然刻畫在身體裡的勞動記憶，使她拿起鋤頭很有「範勢」（pān-sè，台語架勢之意），備受農夫前輩的誇獎。那刻，她獲得了救贖，田地終究是歸屬。儘管那時研究所還沒畢業，但她甘願為了種田在台北與宜蘭兩地跑。

從彎腰到抬頭的易地學習

在宜蘭定居了七年，如今吳佳玲再次展開流動生活，想起小時候家裡務農的憾缺，吳佳玲不想讓孩子因為自己而限縮了童年或學習。從東岸到西岸，從平原到山坡，從稻米到山蕉，吳佳玲說：「這次我是為了累積財富與專業而移動。」

為了兼顧兩地，吳佳玲重新分配工作比重，讓宜蘭農事維持在低度運作，請了熟識的老農幫忙巡田水，讓部分工作可以外包處理，維持損益平衡在自給自足的標準。跨地域又跨領域的關係，讓吳佳玲有機會再次當一名學習者。她表示，年復一年的種稻，很容易養成習慣性，不太會在知識上求進步，然而果樹卻很不一樣，種植很講究學理根據，必須時常看書精進，像個學生努力學習。

「我從來沒想過，原來做農會脖子痠！」以前都是彎腰種稻，現

雲林農家子弟卻選在宜蘭種稻，吳佳玲也寄盼有朝能回家鄉種出事業。（圖片提供／吳佳玲）

在卻是抬頭看香蕉花，從「彎腰」到「抬頭」的姿勢變化，不只是身體痠痛的部位不同，就連腦袋接受的刺激也不同。

在宜蘭，吳佳玲是兩甲田的頭家，可是在南投，她卻成了山蕉園的工人。在長輩的指導下，兩夫妻學著新式種植技術，兩人計劃先學好種山蕉，再來學帝王芭樂的嫁接技術，希望在兩、三年後可以「米芭蕉」三管齊下。

看著黃京國指揮吳佳玲爬上工作梯，吳佳玲爽颯的言談卻突然細了聲，踩到梯頂忍不住嚷著：「好可怕！」原來是稻農犯了懼高症，瞬間豪氣干雲的氣勢全「消風」（siau-hong，台語洩氣之意），相比方才吳佳玲侃侃而談的滿腹種稻經，這下就換成黃京國講話大聲了。聽著農夫與農婦的鬥嘴鼓，兩夫妻的勢力消長也以中央山脈為界，各自有所專精卻又不時易地學習，這也成了流動生活的意外收穫。

VIEW 1

大學同學

蕭淑如

當我聽到佳玲決定在兩地移動生活，我直覺那必定會加倍辛苦。有時候看她白天種完田，晚上還要自己開車移動，覺得怎麼還有體力，很不可思議！有次她順道經過台北，來找我聊天，原本滿臉疲憊的神情一聊到小孩的話題，瞬間又神采奕奕，完全可以明白她做出這個決定，孩子帶給她很大的動力！

VIEW 2

婆婆

廖雪利

「不要務農」是上一代的錯誤觀念，其實能夠做到專業農夫，並且把農產品質水準提高，擁有自己的田地與事業，收入並不會比上班族來得差。不過，務農要自己願意做才行，別人是勉強不來的，所以當佳玲和京國說要回來種香蕉，我和先生都很支持，也希望在能力範圍內，盡量幫忙年輕人。

弟媳

王君萍

我覺得她不管對社會或農業都很有自己的觀點，當多數年輕人投入農業都想走創新模式，姊姊卻有不同的看法，她比較想要融合這片土地吧。不管是為農業付出的努力與毅力，或是願意為了種喜歡的田開兩百多公里的車，我在她身上看到現在年輕人很少見的部分。

無論如何，家是永遠都要回來的

總是在路上的人

高雄市　屏東縣

文字—謝欣珈　攝影—梁偉樂

「從高雄到滿州，你會發現場景的變化，是都市、海景，然後變山景，我們透過這段時間轉換心情，沉澱放鬆。等到要回高雄的時候，壓力隨著地景越來越增加，明天哪個客戶要來，哪件事情要做，必須直接面對生活。」

生活是戰鬥，沿著湛藍的枋寮、油綠的滿州，抵達「月過山丘」民宿時，便好像完成卸下戰甲的儀式。

FLOW INFO

移動縣市和停留頻率：高雄市苓雅區←→屏東縣滿州鄉港口村，週一至五在高雄，週五下班後或週六清晨前往滿州，週日下午再回到高雄。

移動交通方式和成本：自行開車，每月約2000～3000元左右。

兩地居住來源：高雄住家自己買，回滿州則會和賴祿珊父母一起住，民宿則以便宜的租金向舅舅租賃。

經濟謀生模式：夫妻倆分別在不同的銀行上班，年薪百萬。民宿平均一個月營業額五萬左右，整修費用為300～400萬，尚未回本。

總要回家的！

賴祿珊

3

1 民宿是由賴祿珊外公、外婆荒廢40年的房子改建而成。 **2** 長廊上放置吊床、躺椅，希望客人享受小村子裡安靜的氛圍，盡情發呆。 **3** 家具與擺設皆由李婉蕙精挑細選，與老屋相襯得宜。

民宿老闆賴祿珊、李婉蕙夫妻倆，週間都在高雄的銀行工作，週末才會驅車一百公里返回南國之南，移動彷彿是他們與生俱來的命運。

最終還是想回到家

「我從高中就離開家鄉去高雄讀書，住在二伯父家，從那時候開始我的北漂人生。」賴祿珊最初往返兩地的原因和每個偏鄉的孩子一樣，都是為了離家就學。「那時候媽媽說你兩、三個禮拜，甚至一個月回來一次就好，把錢省下來。我也沒想那麼多，在車上都在睡覺，只覺得太遠了，怎麼會跑那麼遠去。」當時的少年沒想到自己幾年後跑得更遠，考上銀行跑到台北工作，兩到三個月才回來一次。

台北待了六、七年，便待不住了。「在台北生活感覺不踏實。環境也好、氣候也好，總覺得沒那麼好，虛虛的。一個人在北部生活、工作，假日還是一個人，回到租的房子，你還是一個人。」說來語氣輕飄，彷彿那段日子的寂寞，「回來高雄就不一樣了，因為從小到大都在南部生活，朋友、家人都在，踏實多了。」

調回高雄之後，離家近多了，三兩週就回去一次。兩年前民宿開幕，頻率密集成每週往返，「不辛苦啦。」賴祿珊笑著一再強調：「滿州對我的意義很重要，永遠是我的家鄉，從祖父輩一直到我，甚至我的小孩、孫子，我都想讓他們知道家在這裡，不要讓他忘記他是哪裡人。」兒時回憶的懷念與對家鄉真心地嚮往，使他整修外公、外婆荒廢三、四十年的房子作為民宿，一方面希望家鄉的美麗被認識，一方面也為了退休做準備，畢竟最終還是要回家的。

兩種生活 兩種角色

回家放鬆、愜意、自由自在；上班規律、認真、戰戰兢兢，滿州高雄的兩地往返，聽起來也很有上下班意味。「市區生活要交際應酬，要扮演好在職場的角色，沒這麼自在；回到滿州，鄰居朋友都是從小玩到大，你是什麼樣的人，相處方式大家都知道，不需要刻意去經營人際關係，就是單純，想幹嘛就幹嘛。」時間在高雄被切割工整、按表操課，為了一直來的明天不能有太多鬆懈；滿州就不必管時間了，好友三五成群，在家聊天打屁，配點小酒與風一陣一陣，無妨不知今夕何年。

相對於賴祿珊對回家的理所當然，李婉蕙在往返之間，則有一分使命感。

身形清瘦、眉目低垂，她是做每一件事都十足十認真的人。在小琉球度過最懷念的童年，國中畢業後搬到高雄大寮，除了短暫北上工作，高雄是她生活得最久的地方。聊到家，她歸屬於小琉球，高雄是工作休息的地方，滿州是有很多家人的地方，民宿開張之後，滿州還是另一個工作的開始。「大家把我們當成民宿的主人，但在高雄就不

1 滿州鄉屬盆地地形，種植大片牧草，落山風強勁。 **2** 賴祿珊父親在山坡上養羊，每天上來餵羊兩次，維持勞動保持健康。 **3** 賴祿珊母親開的雜貨店，是附近居民聊天聚會的地點。

我的小孩、孫子，我都想讓他們知道家在這裡。

一樣，是一個受雇者，完成工作目標讓公司能正常營運。民宿的話，我們可以有自己的空間，想做什麼變化都可以。」

自己當老闆，打造心目中的理想空間之後，便會開始有期許。近年發酵的社區營造成功案例，讓他們把「推廣滿州」也放進民宿經營的初衷。「住一晚，讓都市人知道在鄉下可以怎麼生活，跟都市不一樣，可以怎麼去放鬆。不只是玩樂、吃吃喝喝，還要看當地的風俗民情，特色在哪。民宿可以做到資源分享，告訴大家滿州哪裡有什麼。」重視客人，也與他們建立關係，很多回頭客都變成朋友，甚至會為了幫房客煮一頓早餐，特地從高雄回來，煮完再回去。「以前假日就是休息，很規律，開民宿之後

1 夫妻倆也將民宿作為花園，親手種植一草一木，看著植物慢慢茁壯，會有繼續經營的動力。
2 房間保留老屋格局，將新與舊融合在同一個空間。

會有使命感，有在過另一種生活的感覺，回來是另一個工作的開始。」

移動是生活中的沉澱

爸爸看李婉蕙奔波總會替她覺得累，「兩份工作絕對是偏累，你如何把累抹平掉，是看你如何面對這件事，我今天能接受我的工作，我不會覺得累，因為這就是我們的事業。」客人的回饋是成就感與動力來源，她在銀行的工作也必須與人往來，刺激多變，兩邊的工作她都喜歡，也盡力做到最好。不過民宿節奏畢竟悠緩，需要的多是身體勞動，能夠自己當家做主，壓力還是小得多。

既然退休後也要回來，何不一開始就在滿州工作？銀行上班的賴祿珊開始算起經濟效益。鄉下若非務農工作難找，薪水兩萬出頭，但沒什麼地方花，而且住家裡省錢；都市工作好找，薪水高但房貸車貸也高，花錢的誘惑多，能存的錢好像差不多？「都市還是多一點，而且薪水會隨著在外面的閱歷不同，經驗豐富而調整。」坦白說當初離家就是想賺更多錢，讓經濟能力好一點，生活好一點。李婉蕙也覺得年輕就該去闖，還沒到退休就別太安逸，鄉下住幾天放鬆過後，還是要回都市積極面對生活。

從高雄出發，林立的高樓轉為遼闊的海景，再轉向山風吹來牧草低吟的滿州，一路上景色的四季變化，花朵的開謝、日照的時間，夫妻倆都瞭若指掌。在無數往返的過程，對於移動本身，賴祿珊笑說已經麻痺，從前念書的時候還會因為收假而依依不捨，現在已經很習慣，時間到了就回去，下禮拜再回來。李婉蕙則把移動作為沉澱的必要過程，「那是近兩個小時的時間，有時候你必須放空自己才有辦法得到安靜，因為平常你是沒有辦法停下來的，會有很多事情一直干擾你，但在車上沒有事情可以做，也不能做什麼，只有窗外的風景。」

吃過中餐，賴祿珊帶我們到山坡上的羊寮，車行在蜿蜒的小路，路旁的牧草與樹葉刷過窗戶，彷彿撥開層層記憶的簾幕，終點是孩提時無憂無慮的樣子。小時候他曾是「放羊的孩子」，坐在樹蔭下等羊吃草的時候，風一陣陣地吹，不小心就睡過大半天。講起兒時趣事讓他浮現出男孩般的笑容，那是他離鄉打拼，又頻頻回返家鄉的時期，期待總有一天返家之後，可以不用再離開，「那是退休以後的事了。」他說。

VIEW 1

兒子

賴祈勳

我現在國小六年級，跟著爸媽往返的時候在車上都在睡覺，所以不會覺得累，但是會覺得他們很「厚工」（kāu-kang，台語費事之意），沒事去開一間民宿，因為我覺得家裡的收入已經很穩定，媽媽說要讓更多人認識滿州，我會覺得為什麼要花這麼多錢來完成夢想？

VIEW 2

大哥

賴建民

我目前的主業是種火龍果，副業是養蜂，我有一艘爸爸留下來的竹筏，偶爾會捕魚去賣。我當兵之後在台北做過業務、仲介，在台北十幾年，快四十歲才回來滿州。兩地生活我是不可能，太累了，不過我看他們就當作每個月回家，拔草、整理民宿，勞動一下也不錯。

鄰居

鍾堉惠

我是嫁到賴祿珊家雜貨店後面，小時候我家在更裡面，靠近旭海、中科院，我家前面就是海，後來搬到都市，那時候不常回來，現在回來恆春就不想去都市了。我覺得他們這樣兩邊跑忙碌但很充實，雖然會犧牲假日時間，但這是他的興趣，沒辦法。他喜歡廣交朋友，來的客人都變成他的朋友。

到達之前

01

照亮生活的那道縫隙

李明峰

在都市和林野間穿梭的自然工作者，因對植物的喜愛投身園藝和草藥領域，現於九份經營野事草店，一間販售雞蛋糕的咖啡藥茶店，並持續投身自然和身心探索的旅程。

右轉下交流道，我總望向右邊蜿蜒的溪河，波光如魚鱗般閃過眼底，蘆叢在風中搖曳，灘石伴生草木夾岸，層疊矮丘錯落著屋舍，漸行漸遠漸密集，再往前駛去便進到鎮子裡。

這裡是瑞芳，離九份餘下約莫15分鐘車程。

第一次去九份在學生時代，當時想說這麼熱門的觀光地總有個車站吧，天真以為坐火車就能抵達，查了半天竟然沒有九份站，才發現得在瑞芳站換公車上山。沒想到十幾年後，我會在這裡開間店，往返於城鄉之間。

不少人的生活也在兩地之間往返，大抵是白天進城晚上出城，我只是剛好相反。早上在城市裡醒來，從新店溪中游出發往基隆河上游奔去，在島嶼東北角的山城待到太陽下山，順著基隆河再次回到城市，深夜在蟾蜍山腳進入夢鄉。

夢裡我是一隻
不斷洄游的魚，
往返於兩河流域之間，
單位是一個太陽
一個月亮。

每個離家的清晨，開車從市區高架接上國道，公路便在高樓的縫隙裡起伏穿梭，車陣走走停停，隨著一次次跨越蜿蜒溪河，道路朝向山野遁去，車速愈來愈快，沿途視野開闊起來，天空像是故事裡被釋放的精靈，回到無垠。

想放空的時候，我喜歡看向窗外移動的光景。

記得冬春之交，數百隻雁鴨飛過天際，一群群呈人字型向北方飛去；晴日，黑鳶乘風劃過白雲朵朵的孤獨身影，雨後黃昏，淺山邊忽現的半抹豔虹；乃至夜幕低垂，山野間的群星閃爍，遠方的漁火點點；又或是在高架道路上遠眺東台北的繁華霓虹。

景色在眼前快速地接近，隨即流瀉而過。生命何嘗不是如此？孤獨而自由的來到這個世界，和不同的存在聚合而又分離，有些在彼此生命中留下深刻印記，有些則如過往雲煙，煙消而雲散。想起某年一個人的泰國旅行，租借了機車在小鎮遊蕩，離開那天，回車行繳交鑰匙時不知哪來的靈感：我們這肉身，是否也是和上天借來的工具，終有一天要歸還的呢？

回過神來，該下交流道了。

是我決定在九份開店的，當時沒意識到，流動也一併成為生活的一部分。前年得知家住萬隆的朋友，要把工作室搬去坪林，每日往返，當時覺得不可思議，還嘲笑了友人一番。到頭來自己也開啟了往返模式，然後路程比他們更遠。

車過瑞芳後進入爬坡段，東北海岸在眼前展開，公路朝著基隆山前進，山邊櫛比鱗次的屋舍就是九份。

印象中的九份總是陰冷朦朧，巷弄間潮濕微涼，充滿著水氣的苔石沿階，要不是待過夏日見過那藍天白雲和陽光燦爛，還真難想像九份和晴朗兩字能放在一起。這是一座屬於旅人的城市，以餐飲和旅宿服務為主，老街口不乏擠聚的人潮，不過這段時間因為疫情而顯得冷清，又是另一種風情。

每次上山都是新的旅程，天空的顏色，風的方向，海的樣子，蜘蛛結網的地方，老鷹出沒的數量，楓樹新葉的大小，雨滴的形狀和空氣的味道。想看的不一定看得到，沒預期的往往成為驚喜。

學著把
每一天的遇見，
留給山和海決定。

每週會有幾天和妻一同上山，常特意繞經瑞芳市場，因為她喜歡這裡。市場人聲鼎沸，可以看到各式新鮮地產，五花八門的生活用品，香氣四溢的飲食小攤，充滿了活力，和城市的現代繁榮相比，這裡保有一種屬於山林的大地氣息。城鄉之間的時間感很不一樣，有時待到晚上8點才從瑞芳出發，鎮子已從喧鬧恢復寧靜，準備度過漫漫長夜，回到台北近9點，卻是一副華燈初上的熱鬧模樣，常有一種時間倒流的錯覺。

車子在夜色中移動著，夜晚不是完全的黑暗，隱約看得到山的形狀，上頭點點房舍的燈火亮著，路燈成排朝城市延伸而去，是山後那片微帶紅光的方向。腦海中浮出離開瓦納卡湖（Wanaka Lake）那天凌晨，我們在黑暗的紐西蘭6號道路上奔馳，天亮前望向日出方向，血紅色的天光映襯著前方崎嶇山稜線。

記憶的盒子，在特定的條件下才能打開，那樣的光線，那樣的溫度，那一陣風，輕喚著過去，不同時空得以重疊。

臨睡打開手機程式點播了李歐納．柯恩（Leonard Cohen）的〈Anthem〉。

"...There's a crack in everything.
That's how light gets in..."

我想起
每日往返的路程，
照亮生活的那道縫隙。

在路上

攝影｜李明峰、陳泳翰

山路、海路、陸路

到達之前

02

成為一個更佳版本的自己

陳泳翰

於馬祖從事社區營造的媒體工作者。欲知更多離島大小事，敬請關注臉書「大浦plus+」粉絲頁，偶爾還能看得到本人以狼狽之姿露面。

從馬祖到台北，需要多少時間呢？我的個人經驗：至快不用一個小時，至慢的話，苦候三天兩夜也到不了。

多年前，第一次踏上閩江口外的馬祖列島後，我便對這處散發著陌異文化魅力的島群念念不忘，因緣際會下，獲得一個在當地工作的機會，遂開啟了按月往返於台北與馬祖間的流動生活。

人在台北時，我經常希望自己能夠多識鳥獸草木之名，卻總是受困於緊湊的職場節奏，鮮少能夠靜下心來明察秋毫。來到馬祖之後，小島日月長，青山碧水環抱，四季景色分明，每日有大把時間細察自然景色變化，何時豆梨花開、烏桕結果、麥蔥破土而出、川七瘋狂生長，都能一一閱讀，默默在心裡寫就一本馬祖歲時紀勝。蝸居於此，與自然同步的生命節奏，大大不同於城市裡的分秒必爭。

然則小島生活也不盡然是一派閒雲野鶴，每逢準備訂購機票或船票時，就會莫名湧現一股不安情緒。

由於我幾乎是例行性地按月往返台馬一遭，有朋友便戲稱這是專屬於我的「馬祖經前症候群」，讓人臨行前兩天總有嗜吃甜食的衝動，只為平撫內心焦慮。

搭乘飛機，是前往馬祖最便捷的方式，一小時不到，便能從台北松山機場飛抵馬祖南竿機場。然而飛機快則快矣，遇上冷暖空氣相會的霧季，低能見度、低雲冪環伺，南竿機場動輒就要搞起自閉，將近一星期無法起降的噩耗不是沒有發生過。尤有甚者，飛機打台北起飛時仍是一切正常，落地前夕大霧突然籠罩小島，空中盤旋數圈不見消散，迫使機師只能掉頭返回台北。就差臨門一腳，已見家門卻不得入，自我安慰就當完成了一趟空中偵察之旅，至少喝到了免費招待的機上咖啡。希望曾經那麼近又那麼遠。

多變的天候，讓馬祖人個個都成了氣象半仙。在本地，天氣不是逢人無話可說時的招呼冗詞，而是攸關翌日出海作業、來週交通往返的重要資訊。每回離馬或返馬前夕，鄉親們若是得知我預訂的航班，總是會技癢難耐，要秀一手鐵口直斷的功夫。「別去了，明天南風天，肯定起霧，飛機不會飛的。」「這兩天雲層低，沒起風，飛機鐵定無法起降，你還是換時間吧！」你一言我一語，語氣彷彿勘破了《推背圖》天機般信誓旦旦，初來乍到時，這番篤定樣貌總是唬得我一愣一愣。

但是人算到底不如天算，個人多次實證統計後發現，半仙們的命中率約莫六、七成，我曾經臨行前經鄉親苦口婆心攔阻後更改航班，最後卻望著衝上雲霄的原訂班機徒呼負負，日久便升起自立自強之抱負，索性自己也來定期更新氣象網站上的風向、雲高等預測資訊，鑽研多次之後，我亦成了半仙一名，遇上初訪馬祖的朋友，難免裝出傘蜥蜴般的氣勢提出警告：「我告訴你，明天飛機肯定不會飛，你就留下來多住一天吧！」

飛機之外，往來台馬之間，尚有輪船一途。腹大能容卡車、冰箱、推土機的巨大客貨兩用輪，夜裡由基隆啟航，白天抵達馬祖後再載客返航，單趟航程大約八至十小時。每逢航空交通多日停擺時，總能在碼頭遇見熟識的本地鄉親，彼此抱團取暖，比賽這趟誰的運氣最差勁——「我真慘，前後兩班飛機都飛了，就我那班沒飛成。」「我才慘，原訂的航班取消，接下來都順利起飛，偏偏候補叫號都輪不到我，空等了一天。」「你們都沒我慘，我在機場候補了三天還沒補到位。」眾皆默然。

其實能在機場以拖待變三天者，往往是生活有餘裕可言之人。

真正有時間壓力、非得趕在某月某日前返抵台北或馬祖者，早在飛機確定取消的第一時間，就會訂下船票，安排前往碼頭的接駁。來回馬祖一年以上者如我，大抵知曉天公作梗的威力，有要事得遠行時，往往會提前訂下同一天的機票和船票，在機場一見苗頭不對，當機立斷捨飛機而就輪船。提早下訂船票，是為了避免船位售罄，說到底，船上臥鋪艙位有限，飛機多取消幾個航次，蜂擁而至碼頭的鄉親數量也不可小覷。

然則真正土生土長的馬祖人，從小到大，天候的虧吃多了，若有火燒屁股之事得辦，不僅會提早個幾日出門，還會連同表訂飛航當日、

前一日、隔日的船票全給預訂好，一次買上多重保險，畢竟輪船也有因為外海風浪過大而停駛的風險，狡兔三窟才有助於挑中成行機率最高的交通方式。此等購票霸氣，正是熬過前線堅苦卓絕歲月後的鄉親們，「爭取最後勝利」意志之展現。

流動的日子過久，我也漸漸習得交通變卦時的應對技巧，要說有什麼恆常掛心不下者，大約就是台北家中的數十株盆栽了，為了照料它們，我一度還將主臥室廉租出去，換得新室友日日灌溉。日前室友覓得新居，植株們一度數星期未得給養，本來憂心回到台北時會見到屍橫遍野，意外發現活口還是多於罹難者，想必它們也像飽經台馬之間交通磨難的我一樣，逐漸長出處變不驚的平常心。

與在馬祖工作的前半年相比，如今我已更能正向思考，不同環境下都能隨遇而安，不費吹灰之力地換檔。

離島畢竟資源有限，便利不足，許多事情都無法求人。身在馬祖時的我，三餐自己煮、馬桶自己通、瓦斯自己載、野菜自己拔，絲毫不以為忤。然則一旦重回台北都會區懷抱，我又會瞬間成為一名徹底的外食族，攝食半徑還通常不超過家門五百公尺以內。

近日疫情爆發，都市裡人人自危，囤積糧食之事時有耳聞，我突然明白了與小島相遇的因緣，究竟隱藏了什麼樣的生命密碼。我該感謝馬祖交通強健了我的心靈肌肉，馬祖生活滋長了我的下廚動機，讓我可以不慚愧地攬鏡自照，胸口揚升一股驕傲，好似我已成了一個更佳版本的自己，即便生逢烽火亂世，一切習以為常的便利都被中斷，也能焚香操琴、談笑風生地活下去。

斜槓，是一連串生活改變的起點

文字—銀色快手　插畫—紅林Hori b. Goode

銀色快手

1973年生，標準斜槓青年，不只是個書店老闆，也是詩人、日文譯者、創意行銷顧問、心靈諮商師、選書師。目前經營荒野夢二書店，深信閱讀可以改造人生，活躍於社群媒體與文化出版業。

曾經很嚮往邊旅行邊工作的生活型態。

當時我經營一間書店，經常舉辦旅遊背包客的分享會，聽到許許多多不可思議的際遇，有人在旅途中興起了創業的想法，或是決心改變生活型態，其中少數人把旅行當成一項事業來經營，可以一邊工作一邊旅行，還完成許多令人欽佩的壯舉，像是跑馬拉松的職業選手，達人帶路的旅遊部落客，或是深度導遊的Youtuber等等，不斷開拓我的視野，刷新我對於工作的觀念。

工作成為新型態的社會實驗

於是，有個大膽的想法浮現在我腦海。如果可以一邊工作，一邊旅行，或是在不同的城市之間移動生活，那會是怎樣的人生風景？一幅未來的預想圖，彷彿展現在我面前，恰好在這個時刻，我遇見了一本書，書名是《共享創新生活》，作者米田智彥是一個生活夢想家，也是行動實驗者，他嘗試從「擁有」這個觀念中解放，因為他從背包客的旅行經驗獲得太多寶貴的啟發，他發現只要有筆電和手機，無論何時何地都能工作，能夠不被場所拘束，自由自在地工作，現在就是最好的時候。

他把「擁有和囤積物品」的習慣改掉，把房間所有的物品分享、轉賣、回收，全部清空，把大廈的房間退租，只帶著行李箱開始「游牧東京」的生活，並打算用十年的時間持續思考新的工作模式，靠著社群平台，他將自己的經驗分享給

FLOW TEXT BOOK

《認真做喜歡的事，真的能賺錢》
作者：廖惠萍
出版社：有方文化

廣大的網路使用者，不知不覺他也運用社群作為媒介，展開各種提案企劃、活動發想，把共享生活的概念落實在日常工作中，他可以不斷換地方住，甚至到海外短暫居遊，交換經驗也毫無問題，我看完以後，心想：「這不就是我夢寐以求的生活方式嗎？」

接下來我嘗試安排以演講的方式環島，選擇城市裡的獨立書店作為驛站，刻意不訂旅宿，在社群平台詢問是否有人願意提供我住宿，其間我睡過網友的沙發、打烊的咖啡館、學校宿舍、補習班教室、獨立書店，還有人借我空屋、鄉村民宿短暫的睡上一晚。突然發現，移動生活也可以像是城市冒險，一種新型態的社會實驗。

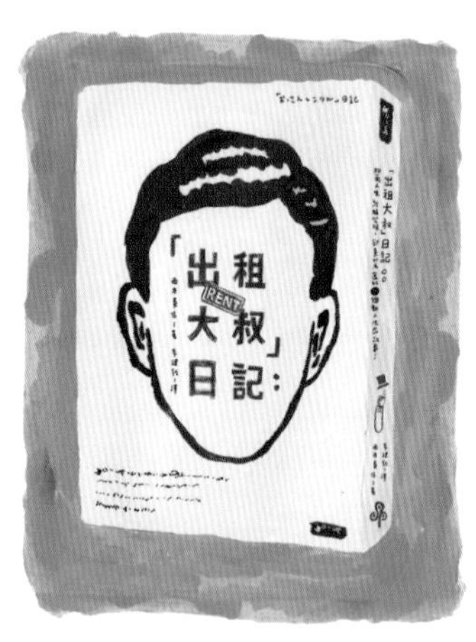

《做自己的生命設計師》
作者：比爾 · 柏內特、戴夫 · 埃文斯
譯者：許恬寧
出版社：大塊文化

《出租大叔日記》
作者：西本貴信
譯者：李建銓
出版社：時報出版

為自己量身創造新職業

我從廖惠萍寫的《認真做喜歡的事，真的能賺錢》，看見她如何從旅行社到經營民宿咖啡廳，甚至做到東京不動產女王的心路歷程，每一次的嘗試都是挑戰，每個危機的關口都是新的轉機，找到連結，為自己的能力增值，想做什麼都全力以赴去學習，別人不敢做的事就是你可以開創的商機。

以我個人為例，我在短短三年之間，為自己創造了「大叔出租」、「選書師」以及「行動夢想家」三種新的職業，讓我可以移動工作，遠距服務，工作時間完全自主安排，不用上班打卡，睡到自然醒也有豐盛的收入。這些想法來自西本貴信的《出租大叔日記》，希望透過社群網絡的人際連結，為渴望實現自我的人滿足他們的需求，協助對方圓夢。應運而生的新職業也讓我高枕無憂，徹底實踐一邊旅行一邊工作的理想生活型態，還跨出了舒適圈，朝向跨領域的整合與創新服務的路線前進。

找到專屬的理想生活

想獲得這樣的斜槓能力，我推薦大家看《做自己的生命設計師》這本書，可以幫助瞭解自我定位、專長和優勢，如何為自己找出一條路，打破框架，設計夢幻工作，這本書可以提供一步步找到適合自己的方式，過自己想要的理想生活。

另一本是《不怕你沒本事，就怕你沒Sense》教讀者如何培養市

《2030工作地圖》
作者：堀江貴文、落合陽一
譯者：吳亭儀
出版社：商周出版

場感覺，擁有能夠看見事物價值與發掘暢銷商品的能力，不僅在個人品牌和社群自媒體的經營，在預測未來市場動向、人力需求方面都會有所啟發。懂得靈活運用個人核心價值，就有可能是炙手可熱的未來人才，斜槓青年絕不是夢想，這本書可以做為斜槓職涯的預備。

我手邊剛讀完的《２０３０工作地圖》也非常棒，對於未來工作市場的預測有很精準務實的分析，因為新冠肺炎的疫情挑戰，全世界的經濟與產業也跟著有所變動，機器人與ＡＩ人工智能的影響層面也會愈來愈廣，因應瞬息萬變的時代，我們的工作與生活勢必要做出新的調整和準備。我相信擁有能力的人不會被時代淘汰，或許斜槓只是一連串生活改變的起點。

相信我們擁有不必選擇的自由

文字—邱厚安　插畫—紅林Hori b. Goode

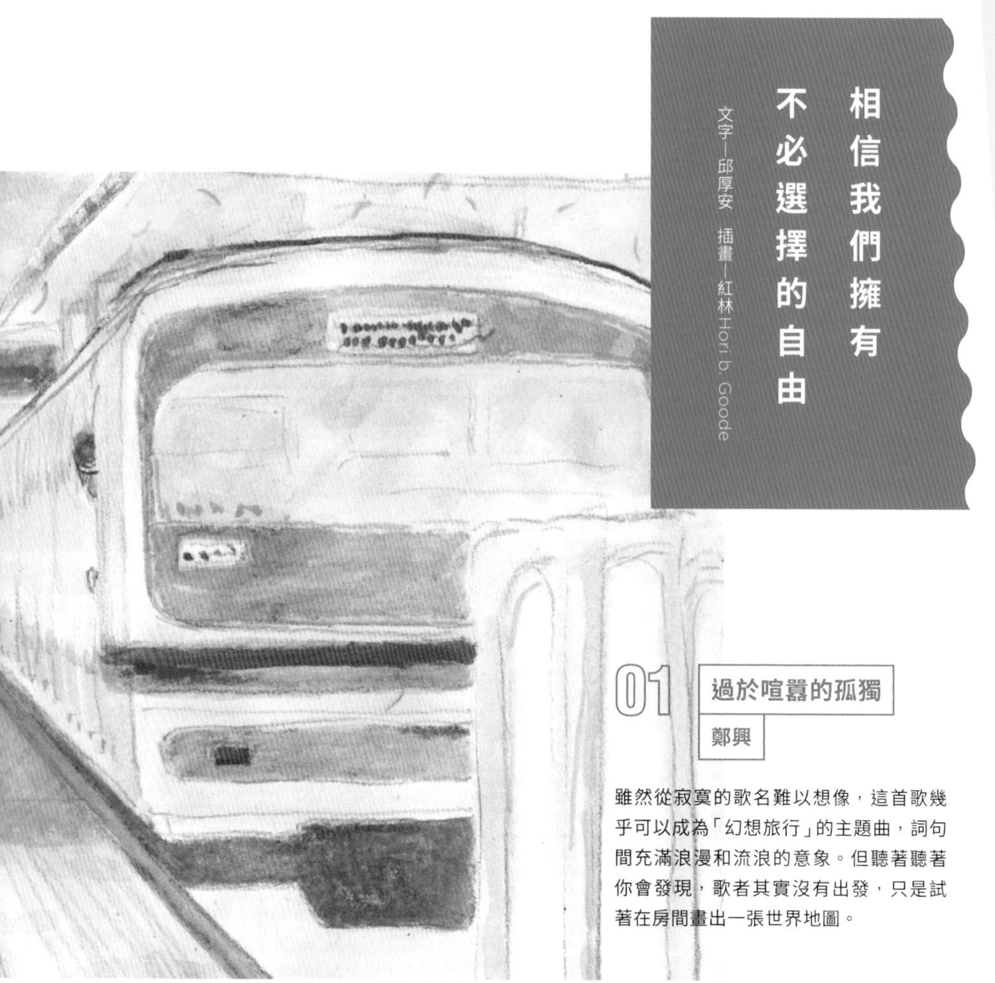

01 過於喧囂的孤獨

鄭興

雖然從寂寞的歌名難以想像，這首歌幾乎可以成為「幻想旅行」的主題曲，詞句間充滿浪漫和流浪的意象。但聽著聽著你會發現，歌者其實沒有出發，只是試著在房間畫出一張世界地圖。

從廣播裡得知了「環遊世界機票」，且價格沒有想像中高，大概努力存錢兩、三年，有時間就能出發。但，我們卻因工作而沒有時間實踐，默哀三分鐘。

不用扮演單一角色的時代

知道這張機票的那幾天，我四處和人說這個消息，興奮得像小孩。很難想像吧？環遊世界居然可以出現在人生清單中。開心之外，我也開始構想旅程的藍圖，環球機票的規定是只能往同一方向飛，因此首先要決定東行或西行、想以哪個地方為起點。不過我還沒有答案，只確定希臘、丹麥和冰島是一定要去的。這樣的自由移動，或許

MUSIC

FLOW TEXT

人們都渴望。

身體之外，心理上的流動與轉移，在我的記憶中最早便是從遊戲裡的角色扮演開始。比如小時候擺弄色彩繽紛的塑膠玩具當起醫生或廚師，盛情邀請家人共演，在電腦遊戲裡扮演魔法師、商人或劍士。今年春天也流行移民到遊戲裡的無人島，與可愛動物共享風和日麗的時光。然而遊戲是虛構的，長大要面對真實人生，想成為特定的角色或樣子，經歷的過程要比一路升等複雜的多。身為一個離開校園，職涯剛起步的九〇後，正和人生直球對決，我覺得自己處於一個不用扮演單一角色、不必選擇的時代。

沒有人可以告訴別人該過怎樣的生活

書寫音樂是我斜槓另一側的生活。觀察樂壇備受矚目的新星年齡不斷下修，獨立發行的唱片、獨立出版的刊物遍布各商業通路，還有什麼事情是抱著一台筆電或解鎖手機之後做不到的呢？便利的科技在無形中給予人們不少信心。

或許是世代所致，或許我生性樂觀，聽上一輩閒談，好像有許多「因為沒有選擇，所以……」的苦衷，或者把扮演好單一角色視為一種美德。但在我所屬的世代，更不用說比我年輕的一群，要憑自己的力量完成一件事情的成本相對低，機會由此而生。並且，這個時代也不是贏者全拿的競賽，而是每個人都能全拿，在工作和興趣間選擇已是有些過時的討論。

然而，在看似開闊的時刻，或許要相信自己擁有這樣的自由，反而才是最困難的，因為一切唾手

03 流浪地圖

孫燕姿

詞曲作者為蕭賀碩，她也曾在自己的專輯《碩一碩的流浪地圖》把這首歌唱回來過。但無論是哪一個版本，都傳遞出無限自由的感受，一如在清爽的天氣，打開車窗，於寬敞的道路上奔馳。

02 人生沒有如果

張棟樑

收錄於《長假》EP，這張小專輯是張棟樑攝影隨筆的附錄，書中記載他未發片三年，在生活和旅行中收集的感觸，而 EP 則收進了他想從偶像歌手轉型的心意。

可得，如一通銀行專員的來電：恭喜你符合高回收、高利率的投資資格，敬請把握。之所以不能流動，或許缺乏勇氣是表面的，可以很輕易地跨出一步，才是心底更深處的阻礙。隨時都可以出手，不急於現在。但反而又因不必選擇、擁有每一個機會而更加焦慮了，你很清楚沒有行動就是自己的過失，這是容易跨步的一體兩面。但無論如何，沒有人可以告訴另一個人該過什麼樣的生活。

若你也曾有這樣的焦慮或憂愁，這份歌單，鼓勵或者安撫，送給尚未滿足每一種理想的人——請相信我們擁有不必選擇的自由。歌單始於對移動的想望，終於起飛一瞬，其間填滿暢快、無拘束的曲子，希望你會喜歡。

04 出口
徐佳瑩

收錄於徐佳瑩的出道作，那時，她離金曲歌后還有好長一段距離。表面上寫的是火車過山洞，實則比喻當年她決定轉換人生跑道，報名歌唱比賽的心情。

05 踩.腳.踏.車
蛋堡

描寫蛋堡騎著心愛的「卡打車」在城市裡穿街過巷。沿途他用半格相機拍照寫日記，行經轉角時也不忘和路邊熟悉的大黃狗打招呼。歌曲裡的自信、寫意令人嚮往。

06 飛行少年
鄭宜農 Feat. 大象體操

擅長描寫孤獨的鄭宜農發行《Pluto》之時，或許也正經歷人生最孤獨的時刻，這是她選擇向眾人坦承自我的反作用力。〈飛行少年〉為這張情緒深陷的專輯照入一束光，聽著的同時，腳步越來越輕，再走幾步就要騰空飛起。

邱厚安

樂評、「音樂慢慢說」網站唯一作者、犬派。尋找對世界說真心話的方法，也試著在自由與不想讓初見面的人失望之間尋找平衡。

在大路上摸索著自己的方向

文字—徐佑德　插畫—紅林 Hori b. Goode

專注於探討現代性社會現象與本質的社會學大師齊格蒙·鮑曼（Zygmunt Bauman）提出了「流動現代性」（Liquid Modernity）後，旋即在社會學及文化研究學界引起廣泛的討論與應用。原因無它，因為他所提出的「流動」，確實極貼切精準地直指現代社會的本質，我們都得被拋擲入這個愈來愈不確定、高度變動、難以找到固定判準的現代社會中，不斷摸索著自己究竟要往哪裡走。

流動的現代性，造成了我們的流動生活與斜槓文化，生活的理想與目標不再是頑固著地的燈塔，而是隨風向趨勢翩然流動的舢舨。而所謂的戲劇反映現實，台劇也慢慢從高富帥與灰姑娘的單一價值觀中被解放出來，近年掀起更多共鳴與討論的戲劇，其實不少都正中流動生活的風景，這裡為大家挑選四部

徐佑德

大學主修現當代文學，以大量電影，英美影集，國內外音樂填飽自己。熱衷閱讀、思考、互聯網與嘗試新鮮事，偶爾作風老派，被歸類為學院派。目前擔任泛科知識副總編輯暨娛樂重擊副總編輯。

《用九柑仔店》
劇照提供：三立電視

FLOW TEXT

DRAMA

《一千個晚安》
劇照提供：三立電視

台劇，或許可以從中看出台灣正在解放的價值觀與成功的定義。

從生活中脫離出來的追求和尋找

首先是林清振導演的《一千個晚安》。女主角戴天晴在鐵道員養父無預警過世後，原本為了自己的漫畫夢想而努力忍耐主管不合理要求、選擇放棄尊嚴當社畜的她，決定要從悶窒且已經不知道為何努力的生活中脫離出來，因為她發現不知從何時開始，她竟然離生活與親情——尤其是在她心中最重要的父親——非常遙遠，而這一切豈不荒謬？

於是她踏上了為父親彌補遺憾的旅程，想完成父親的環島夢，而她也在旅程中不斷探訪過去父親放不下

《種菜女神》
劇照提供：歐銻銻娛樂有限公司

的人、事、地，開始發覺身邊的美好無所不在。而經歷了這些人情與風景後，重新回到家的天晴，對於家、價值和愛情，都有了不同的定義。

而作為2019年下半年最夯神劇，由六年級作家江鵝執筆的散文改編的《俗女養成記》，道盡了六年級生在社會經濟轉型的巨輪下，面臨新舊價值的變換中找不到自我定位的恐懼與焦慮。劇中意識到自己即使英文流利、表面上當個光鮮亮麗的上班族，卻仍然不知道自己到底在追求什麼，直到即將奔四了仍然沒房、沒車、沒丈夫、沒小孩，而且也不知道自己到底想不想要這些東西的陳嘉玲，因為在城市的挫敗（失戀加失業）而擇選回到老家台南暫住。

原本從小一心嚮往的台北都會

生活與夢想，某程度上已然幻滅，但回到久違的老家，又該由何重建自己的生活與方向呢？陳嘉玲從都市的巨輪中離開，得到了喘息的機會，在記憶與故舊的探訪中，找到原來自己是怎麼成為今天這個樣子，自己真正想要的也許跟以前設想的都不相同，卻讓自己心安——陳嘉玲最後尋找到的安住地，正應了那句經典詩話「此心安處是吾鄉」。《俗女養成記》之所以打動這麼多甚至不包含六年級生的觀眾，相信是因為陳嘉玲對生活變動的焦慮與恐懼，正是我們在流動現代性中每分每秒都在體會的。

美好和理想生活的多重辯證

無獨有偶的，以阮光民漫畫改編的《用九柑仔店》也是一個青年回鄉的故事，在城市裡打拼了數年並無成績的楊俊龍，因為爺爺突生重病，原本只是回家探望，卻演變成替爺爺代管從小經營的柑仔店。在擔負重任後，他才發現這個他原本已鮮少回來的老家鄉下，與他之間千絲萬縷的關聯，而爺爺與柑仔店對於這個地方又有著什麼樣不可取代的意義。最終俊龍不僅成為了柑仔店的繼承者，他對於生活和理想該是什麼模樣，也顯然有了截然不同的體會。

除了《俗女養成記》和《用九柑仔店》外，還有一部講述回鄉的台劇《種菜女神》，集結了《比悲傷更悲傷的故事》裡都會時尚的男神劉以豪和女神陳庭妃，但《種菜女神》其實更想挖掘的是在城市光鮮亮麗背後，小人物實際面對的無所適從和無所不在的挫敗感。

劇中主要角色群，都從城市帶著不同的創傷來到邁向復育第七年的耘海村，面臨究竟該將地賣給財團、還是守護原本家園自給自足美好的兩難。劇情從角色內在心境到村子面臨的外在難題，都再次辯證了美好生活理想的多重性，以及傳統價值觀面臨崩解與挑戰的流動現況。隨著愈來愈多青年如同「種菜女神」田禮耘般挽起袖子、選擇回鄉甚至下田，以協助家鄉轉型復育，未來這樣的流動可能會更加常見，更可能是不可逆的。

Another Life 移住者告白

移居，是帶著原本的生活一起出發

到了這個年紀，我們的體力沒有年輕時好，養育孩子也會有很多現實困難，但我們被一路的挫折訓練、被各種從無到有磨練。移居前後，其實沒有所謂哪一邊的生活比較好，過程卻真真正正的滋養了我們。

現在看著眼前這片土地，到老我們都有好多想做的事情。生活之所以讓我們渴望，就是因為每天都比昨天更懂得追尋美好的方式；此刻的我們，前所未有滿足著。

口述—阿勳、凱力
文字整理—小海
攝影—李維尼

告白者

阿勳 & 凱力

育有三個女兒。原居於台南經營「飛魚記憶美術館」，一間與眾不同的攝影工作室。大女兒出生後親手打造老屋「木子」，分享空間也專注生活。數年前舉家遷居東岸，在芭蕉園裡重砌一方天地，是孩子們自在成長的空間，也是兩人視覺創作的再一次實踐。

如果可以跟即將移居的人說一句話，我應該會是說「不要來」。

有點驚訝吧，但這是多年移居生活給我們最大的啟示。我們自己帶著三個孩子遷居到台東，看著各種移居者來來去去，我相信這樣一句話拒絕，反而會讓人想問「為什麼」。是的，為什麼？關於移居，原本大家都在問怎麼買地、蓋房子？怎麼交新朋友、在哪裡採購生活用品？但是在問這些問題之前，你知道自己為何而來嗎？又或者，你最應該知道的是——自己是誰。

什麼樣的你來到了台東？你的來到是為了越過原本所處世界，逃進這片寬廣的山海嗎？還是你能理解生活是不間斷的累積，我們前仆後繼離開與抵達不同地方，其實都在這場生命的同心圓裡。

我還記得剛來時，小女兒出生滿月抱在手上。那時全家住在帳篷裡好幾個月，要洗澡必須先露天燒好熱水，再端進帳篷。當時，我們正在蓋自己的家屋，決心搬過來前也是猶疑了一陣子。真正搬過來後，蓋房子遭遇的挫折像無底洞一樣，再再挑戰我們的極限。

我們前仆後繼離開與抵達不同地方，其實都在這場生命的同心圓裡。

當那段時間告一段落，我們帶著孩子回到台南，我才發現擁有一個有屋頂、有水龍頭的家是多麼幸福。但這樣兩地的差異相比，會讓我們懼怕未來，反而想退回過去熟悉的環境嗎？並沒有，我們從鏡面的反射中看到一種真實，來自新環境的陌生，說明了舊環境裡的珍貴，而這些珍貴直指生活的本質，告訴我們人活著，需要的不就是這些嗎？了解這件事以後，更加給我們力量與信心，接納移居過程裡的各種挑戰。這就是為什麼我會說「不要來」。很多人以為移居只關係到地點的改變，但不知道應該要改變的是人。

在這裡我們看見太多人的生活與自我是分離的，太多人只是利用這個環境卻不是善用，太多人想要複製他人的生活，卻不清楚那樣的生活來自完整擁抱這塊土地、福禍相守的共生。當我們決定帶著孩子來到這，就是希望他們能夠學到無論身處何處，都可以接納與給予、都可以面對社會。移居不是拋棄前一個所在、錨定新的處所，移居其實是用自己當作養分，連接兩地的熟悉與陌生。

移居其實是用自己當作養分，連接兩地的熟悉與陌生。

擔憂外在環境、被過去經驗局限的是大人的心境。

搬到台東之前，我們原本在台南經營一間叫做「飛魚記憶美術館」的婚紗攝影工作室，那段時期總是忙碌且充實。攝影是我為之瘋狂的事，可以早出晚歸。因為年輕也非常有幹勁，從來沒有休過長假。如果真的有假期，大概都是往墾丁之類的地方去做娛樂消費。

大約十幾年前開始，偶爾跟著朋友來到東海岸，誰不會被這裡吸引呢？我們看見這裡的步調與節奏，才理解休息的美好。當時機緣巧合買了一塊地，即使對台東的地理氣候什麼都沒概念，但看著海就想說：有一天來這裡生活吧。不過，隨著人生境遇流轉，孩子一個個出生，我們在台南開始減少攝影工作份量，轉而打造一間老屋「木子」。讓來自世界各地的旅人，分享我們對空間與家的想像。對我們來說，生活本來就是在生活了，我們在台南時也在生活，為什麼要搬到台東呢？最具體也是最直接的，當然是因為這邊環境好。我們隨時可以瞭望蔚藍大海，暢快的風與新鮮空氣輕撫臉龐。我小時候在鄉下長大，當時的記憶對我影響很多，所以心中一直有個將來要在鄉下生活的念頭。沒想到這個念頭不斷迴響，加上三個女兒的出生，就讓我們走到這裡了。

如果要說移居這麼多年來還有什麼不習慣的？應該就是對食物的眷戀吧。身心明明已經抵達，「胃」卻始終還沒落腳。不可諱言，台南的美食街頭巷尾、臥虎藏龍，加上我們過去住在鬧區，出門不遠就隨手可得出色餐點。來到台東後住進鄉間、自己必須下廚的生活很

不一樣。自己煮雖然也別有一番滋味，但有時就是會想念一些味道。我們住在離台東市區車程45分鐘的地方，即便開車大老遠前往，也無法找到可以填補渴望的味道。

相較於不習慣，大多數事物我們卻是很快就習慣了。當朋友們抱怨台東氣候，夏天太熱、冬天風大又潮濕，我們卻甘之如飴。搬到這向海的土地上，自己扎根蓋房，真的是隨時感受到自然變化。這些變化原來就是四季呀，是春夏秋冬，是人應該張開感官就能理解的，我們遺忘萬物其實會用各種方式，向人們訴說時光一分一秒的在過。

很多人以為移居的變動，對小孩來說肯定辛苦，但其實一點也不。擔憂外在環境、被過去經驗局限的是大人的心境，因為我們想要便利、想要可以掌控的安全感，所以來到陌生環境時會有很多東西需要克服。這些克服是針對移居後的外在環境嗎？其實顯現的，是來自我們沒辦法克服自己的內在吧！

孩子們不一樣，他們的內在非常開放，可塑性與適應力也都比大人們強。對他們來說環境沒有好或不好，就是經驗而已，沒有遇過的事物都是一場新的體驗。大人能夠做的，其實就是不斷練習如何回應孩子們的反應。他們長大的速度很快，每個時期都會對事物有新的反應方式，而我們能不能夠理解、該怎麼適當的接受，才是他們是否能夠好好生活在當下的原因。這無論是移居前後、哪一種環境，我們都必須學會如何陪伴孩子的方式。

台東是一片充滿野性、無限可能的環境，但因為人口數比較少，所以對於外來移居者相對較有戒心。我們花了一些時間遇見有相同價值觀的在地社群，也慢慢和村子裡的在地人們看見彼此真性情。被視作一份子後，這裡的關懷也相當熱情和親切，並不少於家鄉台南。

離開熟悉的台南，我們從來不覺得難以割捨，至今它仍在源源不絕地供給我們養份。家人們在那裡，我們也會不時回去拜訪。所以移居到台東對我來說，從來不是意味著與其他現實世界的哪一部分斷掉；相反的，我是在把世界拉進這個地方，這樣才能扎實的生活。

移居不應該是為了開創一個未來而掩蓋過去。它是帶著原本的生活一起出發，抵達後原本的記憶日夜與新的體驗一起成長。即使像我們從台南移居到台東，如此截然不同的兩種環境，但我們認真過好每一天的目標沒有改變，孩子們也才會看到生活的力量。

來到台東後，物質生活變得很簡單，現在我們的經濟來源是仰賴過去累積的一切，並且緩緩地重新開始。原本規劃中估計台南的事業多少可以支援這裡，但後來發現不行，只能立刻面對並且調整。這個過程無疑是辛苦的，尤其面對經濟的不穩定，但我們都藉此學到很多東西。

如果現在有人問我來到台東是為了定居嗎？我會回答是為了生命的練習。新環境的刺激讓我看清楚自己的樣貌，也更相信自己。當心中總是有幽微焦慮、生活中沒辦法擁有全然的穩定時，我們的心志卻更強韌，包括對攝影的愛，對孩子教育的珍視，這些都慢慢長成向著太平洋的「芭蕉圖書館」與「泥地裡的小蝸牛與鹿」。

在城市裡時為了理解如何養育小孩，我們收集了很多關於教養的書與知識。但隨著三個女兒陸續成長，我們來到台東鄉間，發現生活的組成可以更單純地面對孩子，這是非常大的贈禮。我們有足夠的時間與空間仔細去與他們相處，就能看到小孩的世界比我們還廣大，但我們大人卻用小小的視野去控制和詮釋他們。

在這樣的彼此學習與教導中，我們慢慢規劃把「芭蕉圖書館」醞釀成一個傳遞經驗與喜悅的空間。「泥地裡的小蝸牛與鹿」則是三個女兒的名字合起來，是我們這些年親手搭建的家屋，就位在四季更迭的森林裡。我們想向世界分享我們的樣貌，就如同當初在台南一樣，只是如今換了一個位置，而我們一家也在移居到定居的練習中，更加成熟與完滿。

有人問我來到台東是為了定居嗎？
我會回答是為了生命的練習。

Inner Talk

裏對談

為自己選擇，成為想要的模樣

文字—林書帆
攝影—林志潭

諺語「蘋果落地，離樹不遠」，意思是有其父必有其子，父母大多希望孩子能與自己相似或順應自己的期望，但若果實落在離樹很遠的地方，也未必是壞事。

身為老師的女兒，斜槓工作者小海卻走上了與媽媽十分不同的道路，但這件事並沒有影響到她們的親子關係，因為海媽對兒女唯一的期望，就是他們能夠長成自己想要的樣子。

地味（後簡稱JIMI）—請兩位先簡單介紹你們的背景與工作性質？

我退休前是老師，小海考大學時我也建議她填志願可以選師範大學，因為當老師一輩子都有穩定的工作，還有寒暑假可以過自己的生活，但她說她對當老師沒興趣，那也不能勉強，因為那是她的人生嘛。後來她就選了成功大學中文系。

我本來曾經想過要當科學家，因為覺得當科學家可以改變世界，但同時又很喜歡寫東西，所以決定大學科系時有點煩惱，就問了一位老師該怎麼辦，她告訴我「寫東西也可以改變世界呀。」我的所有職業，嗯，或許比較適合稱為「志業」，基本上都有一個共同的目標，那就是希望世界能更接近我理想中的樣子。

我的活動範圍主要在花蓮、台東，「有收入」的志業包括歌手，藝名是海小姐，以及在環境團體公共傳播部門兼職、民宿管家、採訪等文字接案工作，還有類似審議式民主會議的會議主持。

JIMI—你最主要的兩項工作應該是環境團體和歌手？之所以會做這些工作有什麼特別的契機嗎？

沒有耶。其實我一直都沒有明確的人生目標，是一個「遇到什麼就成為什麼」的人。大概是2011年4月我剛結束一段特別長的旅行，覺得有點累，暫時不想再移動，回到台北就去參加各種讀書會、工作坊、國際民族誌影展等等，沒有特別設定領域，但大多跟人文地理、人類學有關，可以說是旅行這個興趣的延伸。後來因為接了某個案子需要往返台北、台東，中間會經過花蓮，因為我有朋友在當地環境團體工作，後來就因為這樣加入了該團體。

JIMI—為什麼會開始當歌手呢？

這也是因緣際會、無心插柳之下的產物。我本身還滿有歌唱天賦，在國外旅行時有些咖啡廳、酒吧之類的表演場所會有open mic day，開放業餘的人上台表演，我在這個嘗試過程中得到很多鼓勵。搬到東部後有一次去鐵花村上錄音課程，有更多機會做一些玩票性質的演唱，漸漸發展成我另

一個工作，大概是2015年年底正式開始在台東鐵花村駐唱，像是尾牙之類的表演需求也會接。

JIMI—你的工作種類這麼多，那時間上是如何分配的呢？是跟唐鳳一樣用番茄鐘工作法嗎？

其實我之前看到唐鳳的訪問就覺得她跟我很像，但說出來的話人家一定會覺得我學她，所以我不是很想提（笑），除了番茄鐘工作法外，也包括她認為自己只是「承接各種思想的載體」這件事，我想做的也是成為某種工具或通道，重要的不是我個人的價值觀，而是如何把大家的東西做更有效的串聯。例如最近我在g0v零時政府參與過一個專案，就是跟一群工程師設計「Disfactory農地違章工廠回報」平台，這平台已經上線了。

時間安排上我就是以半小時為單位，以優先順序排序，為了把握搭乘交通工具的時間工作，還特地買了筆電專用的防窺片。不過因為我習慣把時間卡很緊，萬一發生什麼意外例如筆電忘了充電，就會完全沒有緩衝的空間，所以我最近開始檢討這件事（笑）。

JIMI—你的工作型態看起來差異很大，又安排得這麼緊湊，會不會有心理切換上的困難？

我覺得還好，因為就像前面提過的，不管是唱歌、主持會議或寫稿，這些工作對我來說都有個一致的價值觀，就是我對理想世界的想像。而且我滿擅長一心多用的，我覺得這可以訓練，最好的方法就是烹飪，因為人在烹飪時其實就會無意識地一心多用。

JIMI—在這麼緊湊的工作狀態下，要如何維持工作和家庭生活的平衡？海媽之前的職業應該不大會有這樣的問題？

小海八歲時我先生就過世了，因為經濟因素我有一段時間白天上課、晚上家教，但寒暑假我還是會把小海和她哥哥寄放在親戚家出國旅行，我覺得你們有你們的成長，我有我的日子要過，我不會為了你們把自己的生活完全犧牲掉，我是獨立的個體，你們也是獨立的個體，可以按照自己的心意做自己。

JIMI—這樣小海會不會覺得媽媽又丟下我們自己出去玩了？

我認為只要讓孩子感受到足夠的愛，不管距離多遠，他都不會覺得你會不見。我對新奇的事物非常有興趣，大多是去像印度、西藏或所謂的中國四大無人區，這種非主流旅遊路線的偏遠地帶，他們大一點之後我也會帶著他們一起旅行，而且也不是跟團，這對培養孩子獨立自主的能力是很好的訓練，因為跟團的話一切都會有人幫你打點好。小海大學畢業後就換她帶我去旅行了。

JIMI—網路上常常會看到帶爸媽出國旅行的崩潰文，看起來你們不會有這方面的問題？

我們唯一的問題是，因為媽媽都有在爬山，體力非常好，我是比較弱的那一個，所以常常跟她說可以lay back一點嗎？多停兩天再去下一個地方嘛。

JIMI—那你會有如何平衡工作和家庭生活的問題嗎？

我男友常常對我進行勞動檢查，說我工作時間太長，但我分不出來我什麼時候是在工作、什麼時候不是，我連在看《紙牌屋》和《國務卿女士》這些美劇的時候都在研究劇中展現的公關技巧。就像媽媽剛剛說的，她對新奇的事物很感興趣，我也是好奇心很強的人，例如覺得這位受訪者很有趣、很想採訪他，不知不覺就接了一堆工作，意識到工作太多之後再慢慢瘦身，但不久又故態復萌。我最近有開始檢討這種狀況（笑）。我安排工作是沒有在分白天晚上、週間週末，我男友開餐廳是星期一休息，但偏偏星期一是全世界都開始忙的時候，有很多事情要聯繫。但還好我們兩個都算晨型人，至少可以一起吃早餐。

JIMI—除了你們都對新奇的事物充滿好奇心，你覺得自己選擇這樣的生活型態，還有哪些部分是受到媽媽影響嗎？

好像還好耶。我剛畢業時做過幾份工作，也會跟她提「我想做這個工作」，她就說好啊

（圖片提供／小海）

就去做啊，或是跟她說「這工作好爛我不想做了」，她就說那就別做了吧。雖然工作塞很滿，不過活到現在也只繳過一次所得稅，只有那一年收入達到需要繳稅的門檻。

JIMI—聽起來收入不是很穩定，這樣海媽不會擔心嗎？

我是真的沒有在管小孩的學業成績或收入，我跟他們說得很清楚，我不會養你們，你們也不必養我。當然如果有需要的話，家永遠都在。我給孩子的養分就是旅行跟閱讀，還有透過身教讓他們耳濡目染，讓他們知道自己的人生不需要對別人負責，只需要對自己負責。我舉個例子，她高二那年已經買好機票決定暑假去美國參加Summer school，沒想到學校晚一天放假，最後一天還有一科國文期末考，老師不准她請假，我就去跟學校談，就算這個科目零分，她拿同等學力也不影響她的人生啊，後來還是讓她請假去了美國。我覺得這件事讓她認識到，只要自己考慮清楚，認為這件事的後果可以承擔，那你就去做，即使不符合常規也沒關係。假如你擔心自己會因此留級，也可以留下來考試，機票不能退我也無所謂。

JIMI—聽起來海媽對小孩幾乎沒有任何期望耶，這樣的家長應該很少見。

我對她唯一的期望就是寫書吧，把她的旅行經驗寫下來，因為我覺得現在坊間的旅遊書內容都很俗氣，不過她對這件事興趣不大就是了。我們的社會、正規教育總是有許多期許或要求，我不想給孩子這些束縛，如果沒辦法傾聽自己內心的聲音，只會迷失自己真正想要的是什麼。來這個世界一遭很不容易，如果不能按照自己的想法過生活，我覺得很冤枉。

JIMI—海媽這種重視個體價值、獨立自主的個性，跟你的成長經歷有關嗎？

我父親也是老師，在一所只有三十幾個學生的小學校兼任校長，那個地方在我們石碇老家的碧山里乾溝村，現在已經被翡翠水庫淹沒。以前放學我們就去溪裡放蝦籠抓蝦子、到山上爬山，完全就是鄉下的野孩子。雖然我那個年

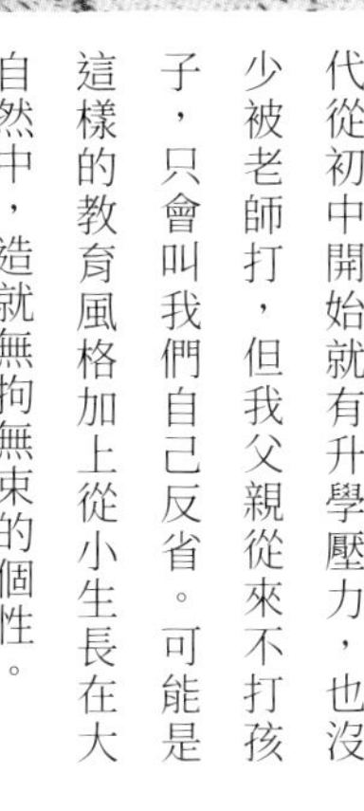

代從初中開始就有升學壓力，也沒少被老師打，但我父親從來不打孩子，只會叫我們自己反省。可能是這樣的教育風格加上從小生長在大自然中，造就無拘無束的個性。

JIMI—那小海假設你有小孩，而他也想過斜槓生活的話，你會給他什麼建議嗎？

如果我小孩說想過斜槓生活的話就打死他（笑）。沒有啦，只是我沒信心可以把小孩教育成負責任的人，要過斜槓、多工的生活，責任感是很重要的，因為斜槓工作者遇到的業主或工作夥伴，可能都是短期合作或相對不熟悉的人，因此有時他們很難確知你是否全力以赴，如果你是一個沒責任感的斜槓工作者，那就是吃定你身邊的人。

JIMI—前面有提到你會檢討有時接太多工作的狀況，所以即便過了這麼多年的斜槓生活，還是有不那麼得心應手的時候？

除了希望減少工作量起伏太大的狀況之外，最近我也開始思考要怎麼面對中年危機了。人年紀變大，會越來越沒辦法熬夜，腦袋的反應和運轉速度也會下降，如果是一般社會人士，這時他可能就會慢慢把重心從工作轉移到家庭生活，我覺得人類社會這樣的系統就是要讓人甘於接受這種從流動到趨於停滯的過程，但我又想抗拒這種過程，斜槓生活就是一種抗拒的姿態。

JIMI—就是抗拒一般社會上對人生歷程的既定想像？

對。一般人在人生中可能只會遇到幾個關鍵選擇，像是要不要結婚、要不要生小孩等等，但斜槓工作者每天都會面臨很多條岔路，具體來說，假設今天我決定接下這個工作，就有可能獲得新的人脈和視野，相較於老師這樣的職業，30歲跟40歲的工作性質可能都差異不大。

但另一方面，斜槓工作者也被迫要更早思考自己的人生下半場要怎麼過？我還能這樣高速運轉到何時？我現在已經開始思考哪天我老到幾乎無法出門時還可以做哪些工作了，因為工作就是我的志業，因此也沒有所謂退休的一天。

1

鐵皮屋探奇

黑色小屋

盧昱瑞

高雄人，畢業於台南藝術大學音像紀錄所，以捕捉影像為志業。2005年開始拍攝紀錄片，題材大多圍繞在海港生活的人，偶爾也關注老房子和文化資產等相關議題。

走進地方

INSIDE *of* PLACE

海平線上的

提到台灣的鐵皮屋，腦海裡總是會浮現那次偶然望見的黑色小屋。

N年前開車行駛在台11海線上，途經台東樟原，車窗外開始出現一大片臨海如鏡般的美麗梯田，因逢冬末初春，水稻田正等待著新一季的秧苗。

在那蔚藍海天映照的遼闊視野中，有一間沉穩內斂的黑色鐵皮屋矗立在田埂間，它享受著太平洋海景第一排的美景，倘伴在北風與冬陽的懷抱裡。

這間樸實無華的黑色鐵皮農舍，在太平洋海岸梯田的襯托下，彷彿成了頗具極簡美學的現代建築。

台灣的鐵皮屋是大家最親切與煩厭的建物形式，親切在其造價與工期都頗划算且迅速，厭煩在其外觀缺乏美感與溽熱，還有臨時隨機搭建的特質極易造成環境的凌亂雜陳。但位處在亞熱帶炎熱多雨的台灣，鐵皮屋成了CP值最高的建材選項，舉凡任何有屋頂漏水病徵的混凝土透天厝或公寓，只要在頂樓加蓋鐵皮屋或棚架，就能除去雨季的漏水問題。

記憶中在大二暑假時，曾短暫租一間頂樓加蓋的鐵皮屋裡的兩坪小雅房，這間鑲嵌在老公寓五樓頂的鐵皮屋裡，一共隔了六間雅房和一間衛浴，從樓頂眺望眼前全都是

錯綜複雜的加蓋鐵皮屋，每間鐵皮裡都住著從異鄉北漂的青年學子。因為老公寓已有點歲月，鐵皮屋的主結構還是力霸式細鐵桁架，屋頂是石棉浪板，外牆是清板和磚造並用，室內全部是木作輕隔間，住這裡的默契是戴耳機聽音樂。雅房裡當然是沒有冷氣的，那一年的夏天異常炎熱。導演廖敬堯所拍的《鐵皮人生》紀錄片，就是描繪台北城的「頂樓階級」眾生相；都會區裡的鐵皮屋雖是「景觀殺手」、「都市之瘤」，但卻也是青年世代孕育夢想的遼闊高原。

凝視著腦海裡東海岸的黑色鐵皮農舍，勾起了異鄉求學的鄉愁，同時也引起生活在這農舍的嚮往：美國華爾騰湖畔10英呎寬、15英呎長的四坪小屋，讓亨利．梭羅寫

出影響世人追尋心靈自由的《湖濱散記》；而在西太平洋岸上的這間約三坪大的鐵皮農舍，若能長駐幾個季節，每天看著日光從海平面滲出，透由農務勞力從土地上獲取自給自足的養分，也許還真有機會淬煉出深刻動人的札記。但因為沒遇到農舍的主人，無法得知他對農舍空間的具體想法。

不過這貼近人性的空間比例，完全吻合從美國興起的微型住宅運動（The tiny-house movement）精神，甚至在造型美學上和2015年無印良品推出的MUJI HUT簡易住宅有著類似的質地，只是黑色鐵皮農舍的外牆是用小波浪板塗上瀝青，主結構是水泥柱體搭配桂竹橫樑，也不知是哪位建築師設計，但從2009年至今

（Google地圖上的紀錄），鐵皮農舍也捱過了數十個颱風，它依舊屹立在田埂上，維持著簡約迷人的視覺比例。

現在每次開車走台11線北上時，路過樟原海岸梯田都會刻意放慢車速，緩緩凝視著眼前的翠綠、深藍，還有那間黑色鐵皮屋。看到台灣各地的鐵皮屋，總會想起美國解構主義建築師法蘭克．蓋瑞（Frank Gehry）1970年代末於南加州的自宅改建設計，他當時運用了許多價格實惠的鐵皮浪板、金屬圍網和木結構與玻璃，在複合多元的建材實驗下，交織營造出前衛十足的當代建築風格。或許建材並無好惡之分，就端看如何設計與善用。而這間東海岸的黑色鐵皮屋，也能啟發一些想像，讓人流連忘返。

把小孩留下來，大人帶回來的學校

屏東・地磨兒國小

吳庭寬
文字、策展工作者，關注印尼移工、藝術與文化議題。曾服務於燦爛時光東南亞主題書店、移民工文學獎，同時擔任「Trans/Voice Project: Indonesia-Taiwan」藝術進駐及田野計畫主持人。

1 德文分校以排灣族頭飾與琉璃珠裝飾大門。 **2** 社區中四處可見排灣族圖騰裝飾。 **3** 美術課的勞作課程，是小朋友最歡樂的時間。 **4** 排灣族傳統手紋的美術課創作。

自排灣族的工藝重鎮屏東縣三地門鄉三地村，沿台24線往霧台方向走，在三德檢查所辦理入山後，轉進屏31線繼續前行，約20分鐘車程便可抵達地磨兒民族實驗小學在德文村（Tjukuvulj）的分校。

德文分校原本是獨立運作的小學，因學生數逐漸減少，１９９２年經整併成為當時舊名三地國小的地磨兒國小分校。目前分校的規模與三地村的本校比起來，雖然是只有26個學生的迷你規模，但歷史跟本校一樣悠久，１９１４年創校至今，已走過百餘個寒暑。

德文村是排灣族、魯凱族混居的古老部落，仍保存著許多傳統的石板屋。位在村內四個聚落中心地帶的校園，面對著壯闊的隘寮北溪溪谷，左右側分別是佳暮、霧台部落，視野的盡頭則是大武部落與守護著小鬼湖的山峰。

咖啡香裡的產業傳承

除了原住民文化，德文部落最富盛名的，就屬19世紀末期引進的阿拉比卡品種咖啡。因氣候條件利於咖啡生長，當時曾廣泛種植，但戰後因栽種技術沒有轉移至農民身上而沒落，直到2003年前後，在「一鄉一特色」的政策推廣下，當地農民才重新開始種咖啡。目前人口六百五十餘人的德文村，約有半數人口投入咖啡產業，如獨創品牌的咖啡莊園、由家庭咖啡園組成的合作社、咖啡屋等，形成了德文部落特殊的產業景觀。

由於三地門鄉沒有農會，從生產到銷售，農民得自尋資源經營。然而與時俱進的咖啡知識與技術，難以在勞動力高齡化的農家間推廣，這也促成後來農家與學校的合作，希望透過學校，尋找產業永續發展的契機。

至今德文分校的咖啡課程已實施超過十年，教授排灣族語的老師包金茂，便是其中一位幕後推手。包金茂說，他跟大部分德文部落的孩子一樣，國小畢業後就到山下求學工作，直到三十多歲才回到部落，他笑稱自己那時不是「返鄉青年」，而是「返鄉大叔」了。為了振

1 學生們在社區咖啡屋寄賣的圓夢明信片。 **2** 主任馬學齡介紹著學生剛去好殼的咖啡豆。
3 師生全員正在參與兒童節大地遊戲。

興部落文化與經濟，他開始耕作、組織咖啡合作社、為農民與學校設計咖啡課程，同時也一邊填補童年的務農記憶。

咖啡課程依年級而異，從認識花與果實開始，學生親自參與咖啡的採收、清洗、晒豆、挑選、烘焙、研磨、沖泡至包裝等過程，早期甚至有額外的拉花課程。這些課程除了培養孩子們的專業技能外，也試圖讓他們熟悉在地產業。2010年海地發生大地震時，他們便以自創的「學生咖啡」品牌做義賣，為地球另一端的災民募資賑災。

學校是部落價值的延續

2009年的莫拉克颱風，重創德文與鄰近數個部落，風災後約有七成居民離開家鄉，搬遷至屏東市東邊的長治百合部落園區，即居民口中的「大愛村」。失去獵場的獵人得下山另尋生機，人口外流伴隨而來的，還有農事人力的快速老化與隔代教養現象。分校主任馬學齡提到，堅持辦理咖啡與其他農作課程，不是單純為了讓孩子學習農業知識，而是要增加孩子們與Vuvu（祖父母）對話的機會，讓他們能為留在部落務農的老人家盡一點力，像是部落農忙時，學校便會帶著孩子們走出校門，協助年邁的農民採收作物。

關係緊密的學校與部落，每年夏天收穫祭都會在學校操場舉辦，而文化課程講師，也多由部落耆老與藝師擔任。部落中的各種婚喪喜慶場合，也是孩子們學習的地方。曾有家長質疑校方把學生帶到喪禮上，不怕觸犯禁忌嗎？幾次經驗下來，孩子們學會禱告，並主動以擁抱撫慰喪家，他們在祭儀中的成長，讓校方與部落居民更確定，社區參與對孩子們生命教育的重要性。

在原住民歷史、文學、工藝等實驗課程的推廣下，地磨兒國小也發展出必須由學生主動發想、執行的「圓夢計畫」。德文分校今年六年級的孩子們，藉由製作手工甜點，在聖誕節與其他社區活動中販售，成功募集到去花東畢業旅行的基金。而目前五年級的同學們，也在部落咖啡屋寄賣他們自製的明信片，希望明年能完成去紐西蘭畢業旅行、拜訪當地原住民的夢想。特別的是，圓夢之外，每個孩子在畢業前還得在校園種一棵樹、登上附近海拔1246公尺的觀望山，並且策畫、公開舉辦自己的學習成果展。

不要忘記自己生長的地方

現有的教育條件，德文部落的孩子跟父母輩一樣，國小畢業後只能下山接續國中以後的學業，因此小學六年，很可能就是這些孩子們唯一能學習部落文化的時期。德文村地處偏遠，在現今社會普遍的發展思維裡，幾乎預告了部落人口流失的命運，而莫拉克風災更加重這些山區部落的生存困難。或許不容易想像，不到三十人的德文分校，只有極少數學生住在部落裡，有一半學生因為家長長期在都市或外縣市工作而必須住校，另外一半則是每天搭校車往返大愛村。

即便上學路途遙遠，但為了彌補孩子們因為風災遷村，而無法在部落生活的缺憾，家長仍捨近求遠送子女回部落就學。學校成為孩子們暫時的家，高年級孩子把中低年級的孩子當作自己的弟弟、妹妹，老師提到有時候學生甚至會以「媽媽」取代「老師」的稱呼。

主任馬學齡說自己生長在禁說方言的時代，很多同學長大後甚至會刻意隱瞞原住民身分。在地磨兒國小，不僅只學生受教育，老師也有學習的義務。老師得親自拜訪部落耆老、藝師與專家，書寫田野調查筆記，才能研擬教案。班級導師與科任老師、文化老師也必須彼此配合，隨時調整教學內容。出身藝術世家的排灣族藝術家馬郁芳（Aruwai Matilin），也在校擔任美術老師，她提到要將傳統文化轉化成教材，就算本身是原住民，也得重新學習傳統文化。

投身教育事業已有二十多年的馬學齡，希望辦學不只為了提升學科成績，而是要透過課程，陪伴孩子深入部落，培養他們自主探索與團隊參與的能力。未來孩子們離開部落後，能夠驕傲地向別人介紹自己生長的地方，並在學業與生活上，持續與童年經驗對話。她觀察到，近幾年來，離家的孩子利用假日回部落的頻率增加了，還經常會在校園裡遇到以前的學生。僅著眼於成績，無法評價那些「看起來都在玩」的特色課程，然而這些文化課程對部落族人與環境的關注，有著情感上的附加價值。

「小孩留下來，大人才可能回來。」馬學齡說道。從學校重建對部落的認同感，過程或許將如德文咖啡的復育一樣漫長，但其甘甜的滋味值得期待。

親愛的柏璋

這個多事之春總要結束的。幾個合作的活動因為疫情而取消，不知不覺都快兩個月沒見了呢。比起雙北，你們新竹那裡應該沒這麼緊張吧？幾年前在觀霧當替代役的時候，特別羨慕新竹人，住在一個直通雪霸國家公園的縣市。記得當年長官要求我們背記附近溪流的名字，淡水河和頭前溪的上游，都是發源自那片群峰——而儘管我們自同個單位退伍，現在卻分別到不同水系生活了。

新竹與台北，倒讓我聯想到，這都是水筆仔的大本營，不過卻是兩片有爭議的紅樹林。其實日治以前，水筆仔主要產自基隆和高雄，但在各自建港之後，兩地的紅樹林都已消失。後期的水筆仔紀錄幾乎都來自淡水和新竹紅毛港——但這些水筆仔都是由福建引入社區作為薪柴使用。

紅樹林在一般人眼中，不但是天然的護岸，也應該是生態豐富的地方，但兩地的水筆仔其實都造成了生態問題，一個原因是水筆仔佔滿了泥灘地，原本喜歡開闊空間的螃蟹、水鳥與螺貝，都因此變得貧乏。此外，水筆仔林也會淤積河口，造成持續的陸化，不少人提倡應該要適度移除紅樹林，才能讓濕地恢復生機。

這聽起來真奇怪，不過野生的水筆仔多半長在流速緩慢的潟湖或海濱，而不是河道上，因為水流理當會把胎生苗沖走。我曾經問過關渡的耆老，他說早年淡水河口流量較大，岸邊其實是礫石灘，但當上游建了水庫後，流量明顯減少，細泥開始堆積，海水也開始入侵，成為含鹽分的泥灘地，意外造就了水鳥的棲地，這才轉型成自然保護區。但早年種植的水筆仔，因缺乏水流的控制，卻又逐漸把泥地給佔滿。由於保護區法規禁止砍伐，過多的水筆仔

FROM
瀚嶢
新北市．新店區

無法控管，原本想留給水鳥的泥灘，曇花一現後，現在大致都變成樹林了。

其實換個角度想，原本社區居民栽種水筆仔，就是為了想收成木材，過程中應該曾經存在著某種平衡吧。現在水筆仔泛濫成災，我想是因為目前紅樹林只為了防洪與觀賞而存在，不再與社區有太多互動，因此只能仰賴國家與法規來管理了。如果我們能跟紅樹林建立新的連結，也許事情就不會那樣棘手了吧。在東南亞其實仍有許多社區跟紅樹林密切互動，居民知道如何在濕地捕到源源不絕的漁獲，也會定期砍伐，利用紅樹林燒製木炭，泥灘地生態因而適度保存了下來。如果台北與新竹的紅樹林有朝一日也形成這樣的風景，那該有多好。

寫這封信的時候，水筆仔的花苞正要綻放呢，你收到信的時候，關渡的水筆仔應該已經盛開了吧。

祝 健康順遂。

倒卵葉水筆仔 *Kandelia obovata*

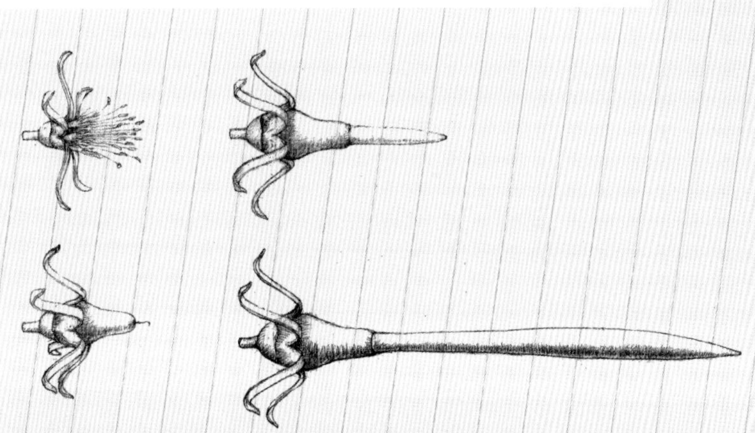

水筆仔的花瓣很不明顯，藏在五片長長的萼片內側。
也很少人提到它的果，因為胎生苗很快就抽長出來了。
初夏是觀察這個發育過程的最佳時機。

黃瀚嶢

生長於台北，在城市間隙發現觀察野地的樂趣，從此流連忘返。森林系畢業後，從事生態圖文創作與環境教育，經營粉專「斑光工作室」，靠著偶爾路過的靈光努力生存。

親愛的瀚嶢

好久不見了！在這聚少離多、出門頻率減低的防疫期間，你的水筆仔觀察讓我想起一同探索野地的美好時光。憶及上回相約野外，似乎恰好是一年前呢，你從台北來到我所居住的丘陵之國——新竹與苗栗。在熱到不行的炎炎仲夏，我們低著頭在草原游移，試圖在一片片綠中尋找菊、薔薇、安息香、茅膏菜等蒙披神秘面紗的草原民族身影。經歷雀躍與瘋狂後，才發現後頸早已被豔陽烤焦，那日經歷至今仍難忘懷。

你對新竹苗栗的印象是什麼呢？隨著陣風搖曳起伏、連綿無盡的草丘風光，是我對竹苗淺山野地的深刻印象。在這座丘陵國度裡，充滿自然氣息的聚落星羅棋布，大多依著山，有些傍著海，居民們過著與野地資源緊密共存的生活。其中，苗栗海邊有個聚落，那是我最喜愛的丘陵小鎮之一。

我曾在這裡的草坡上，首度認識葉子生得如此別緻的菊科植物，猶如破破小傘般，喚名「臺灣破傘菊」。這種專屬丘陵草坡的臺灣特有植物，分布非常侷限，受到植物學家格外珍視。令人不解的是，當初在破傘菊週遭發現幾抹焦黑，某些灌木枝條甚至炭化，難道有民眾特地來燒柴煮茶？讓我不禁為破傘菊捏了把冷汗。

數年後從一位當地小學的校長口中得知，這片丘陵幾乎每年都會經歷火光燎原，有時在天乾物燥的冬季，有時在清明時節前夕，可能是居民為維護山腳墓園環境而為。當時我震驚不已，後來想想便釋然，因為這把火對破傘菊來說，可能很重要。

我們都知道，由土地公管理的天然草坡，遲早會因其他植物的進駐而在多年後成為一片樹林。這丘陵之所以能長期維持草坡樣貌，我認為燎原火扮演

FROM
柏璋
新竹・新竹市

至關重要的角色。許多草本植物在地底下有著休眠根莖或芽體，倘若地上部位冬季乾枯，來年春天還是能冒芽。因此冬末春初燃燒的火焰，即使燒毀破傘菊的地上部，也不會使植株死亡，反而是火燒過後的草木灰，在春雨澆灌下成了地下部的養份，為它埋下往後茁壯的資本。這臺灣破傘菊，便是一種與週期性野火共存的丘陵草坡植物。

這提醒我，先民對自然資源的運用模式其實非常值得閱讀。雖然有人常抱怨人類是破壞生態的兇手，有時事情卻不那麼簡單。比如這座鄰近人類聚落的丘陵，也恰因人為活動，使一些特殊物種得以留存。我想，最關鍵的是我們應該思考，如何與大自然維持雙向的平衡關係吧。

寫這封信時，臺灣破傘菊高舉的花枝正迎風搖曳，你收到信時，成熟的瘦果也已隨風遠揚了。

祝 安康順心。

臺灣破傘菊

Syneilesis intermedia

陳柏璋

熱愛山、攝影與書寫的野外咖，時常帶著相機與紙筆，在野地裡打滾整天。目前與一群好夥伴共創「森之形自然教育團隊」，試圖在人們心中埋下野性的種子。

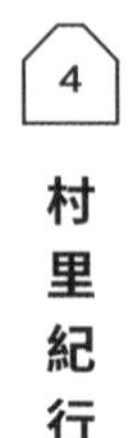

大山下的小鎮日常

初次在花蓮生活，已是多年之前，當時由於年輕，對於東部的環境，心情和態度都不免有些生疏。雖然木瓜山下的校園生活充實安逸，山光水色、平原暖風、樹木的氣味或是夏日午後雨的沁涼，卻也相對少了一些日常事物的探尋，滲入細胞的生活感受。

給自己短暫的理想生活

「什麼是心中理想生活的樣

子？」我想我的答案會是：「日出而作，日落而息，擁抱人情與土地的自然生活。」每天向大自然多點靠近，呼吸清晰的空氣，讓自己的步調成為當地人。於是，２０１９年，我決定暫時拋開汲汲營營的生活狀態，回到花蓮鳳林，過著安靜的日子。

鳳林，多數人印象是傳統客庄，客家族群比例約有六成，但還是有其他不同族群的人們居住於此，阿美族、撒奇萊雅族、太魯閣族、外省族群、閩南人與新住民等，各族群依著生活習性群聚在不同空間成為小村落或者混居，只要腳步邁得夠廣，視野看得夠遠，會發現多元生活樣貌隱藏在細節中，大家在這片土地共享大地賜予的豐盛。

廖于瑋
家鄉台中，選擇落腳在有歷史痕跡的地方生活，聽人們說著從前的故事，探究有溫度的人文痕跡，再透過文字與寫真攝影，累積別人與自己的生命故事，是一個熱愛田野的文化工作者。

我居住在日治時期遺留下來的移民村，村子雖然不大，卻保有台灣少見的住宅地集中、農耕地分布在外圍的棋盤式設計。平日在村子裡，混雜著客語、閩南話、原住民語及帶有外省腔調的中國語，而保留在村落的幾棟客家菸樓，據說是台灣保留較完整的菸樓文化聚落。

從村落開始探索自然與人情

我喜歡在傍晚時分到村落外散步，鄉間小路的兩旁，順應季節種植稻田、花生、南瓜、玉米，呈現豐富的農耕節奏，有趣的是，在偌大的耕地裡，散落附近村民大小不一的自家菜園，菜園的樣態大概跟園主個性或年紀體力負荷有關，有嚴謹的劃分區域種著不同蔬菜，也有隨性的看顧，各種蔬菜認份的在菜園中展現最大的生命力。

在水圳或田埂旁，常能找到自行生長沒人照料的各式「野」菜，如昭和草、龍葵、野莧、小金英、小葉灰藋，而我最近開始認真辨別這些常被忽略的野菜，研究如何採集、料理，為未來移居鄉下的生活準備，西部的朋友則說：「如果世界末日來了，食物短缺就靠你啦！」

談到農耕，一定得談談鳳林的「水」。鳳林鎮的農田水圳灌溉系統為「林田圳」及「平林圳」，各自從萬里溪、支亞干溪、北清水溪引入乾淨水源，隨著水圳灌溉大地，走在田邊聽著緩緩水聲，則療癒人心。這裡的水除了農用，也提供日常飲用水，不需經過層層過濾，打開水龍頭取水後直接煮沸飲用，沒有白白的水垢，甘甜的水質讓我這從西部來的人相當驚豔呢！

田園生活之外，也聊聊鎮上的人們。鳳林和台灣其他鄉鎮一樣，人口老化、外移嚴重，因此每當我走進光復路的小農市集，或到鎮上雜貨店採買，大家總會好奇的多問幾句。日子久了，菜販的長輩們會開始聊在地的生活細節，而在同攤買菜、初次見面的阿姨會拉著你去另一攤買栗子南瓜，跟你說這攤品質好，價格也便宜些，最後再各自帶著一顆沉甸甸的南瓜回家。晚餐就以栗子南瓜、龍葵、雞蛋簡單煮成一道清爽香甜的蔬菜湯，這滋味就和鳳林人一樣，樸實、良善、親切。

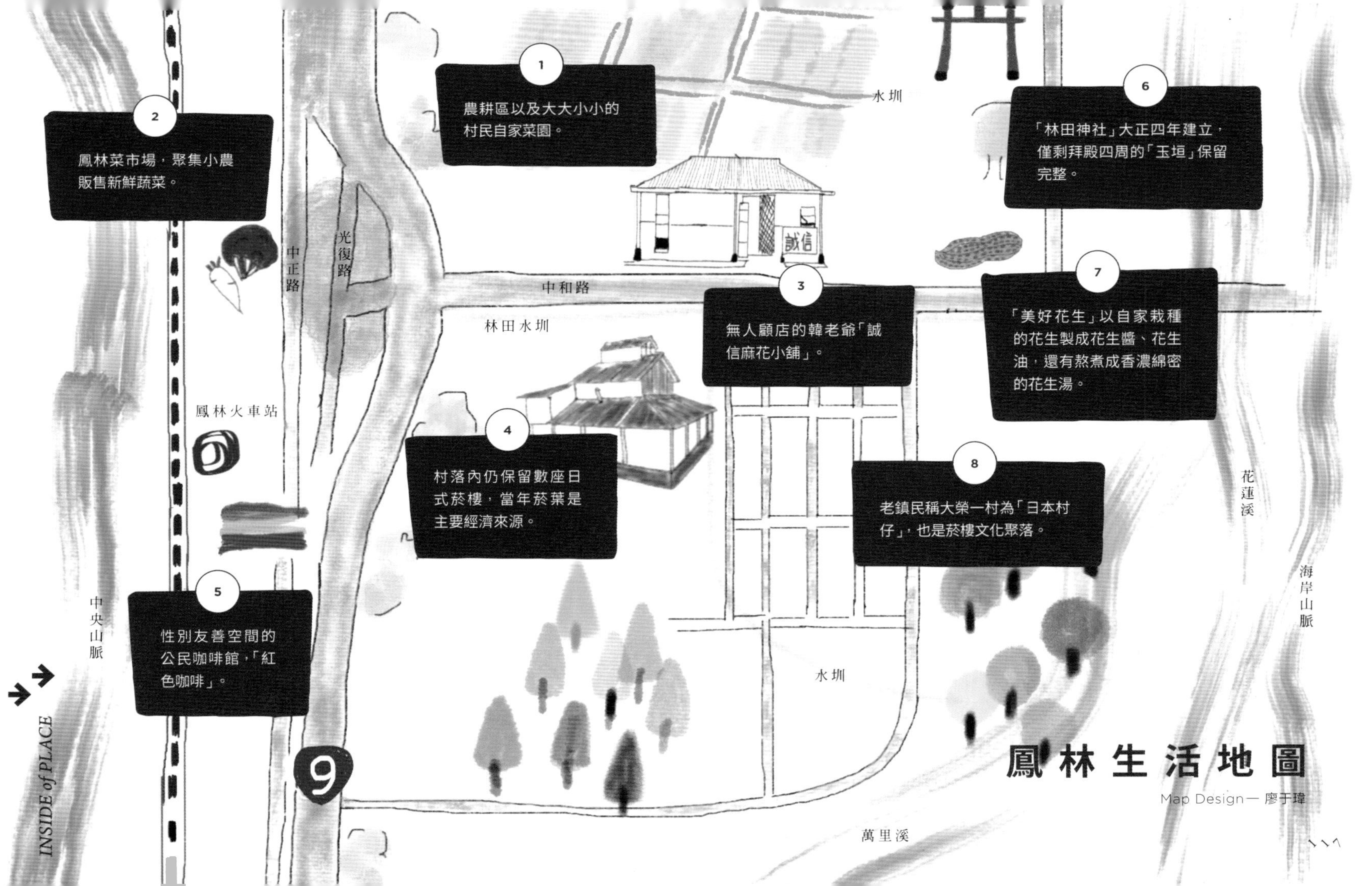
鳳林生活地圖
Map Design — 廖于瑋
1
農耕區以及大大小小的村民自家菜園。
2
鳳林菜市場，聚集小農販售新鮮蔬菜。
3
無人顧店的韓老爺「誠信麻花小舖」。
4
村落內仍保留數座日式菸樓，當年菸葉是主要經濟來源。
5
性別友善空間的公民咖啡館，「紅色咖啡」。
6
「林田神社」大正四年建立，僅剩拜殿四周的「玉垣」保留完整。
7
「美好花生」以自家栽種的花生製成花生醬、花生油，還有熬煮成香濃綿密的花生湯。
8
老鎮民稱大榮一村為「日本村仔」，也是菸樓文化聚落。
9
中央山脈
鳳林火車站
中正路
光復路
中和路
林田水圳
水圳
水圳
誠信
萬里溪
花蓮溪
海岸山脈

2 光復路小農市集

一早的活力從這開始

飲食作為文化以及社會互動的基本要素，食物負載著文化傳統與許多象徵的訊息。跟著西部原鄉移民遷移至花蓮鳳林的客家味道，雖有傳統卻也因著氣候、地形的差異，演變出與原鄉不盡相同的農作與農耕步調。年節的春節蒸年糕、冬至元宵搓湯圓、清明祭祖採艾草包艾草粄，以及未雨綢繆的儲存食材，一切所需的四季蔬果都必須在鳳林風土條件下農民的日常田間管理調節。

一大清早的光復路兩側，便開始聚集販售自家蔬果的小農攤商以及當日新鮮製作客家米食的阿姨們，而我最喜歡的便是蹲下來跟菜攤的長輩聊聊天，聽他們說故事，這才是我真正的「採買（集）」目的。

5 紅色咖啡

族群共好空間

鳳林火車站前的「紅色咖啡」是由同為阿美族的Lisin和Kawah在2014年一起開業經營的咖啡店，一位是藝術設計，另一位是影像記錄工作者，共同打造以紅色為基底的店內空間，在夜間安靜的鳳林街道，開著燈的紅色咖啡顯得溫暖醒目。

店內除了有手沖咖啡、限量甜點，書架上擺放以影像藝術、性別書寫、兒童繪本等主題的書籍提供客人閱讀。二人想讓這裡同時成為年輕人輕鬆相聚和交流的空間，不定期規劃舉辦文化講座、放映影片，包括從壽豐、光復、萬榮的年輕人都會專程來參與。紅色咖啡與其說是咖啡店，以「共好空間」來形容更加貼切。

7 美好花生

鳳林風土的濃縮家戶

炒花生是鳳林農家子弟難以忘懷的記憶，經濟價值較高的花生可做為日常物資賒債抵用，賣剩的花生就以鹽炒後配飯，又香又下飯，就是最珍貴的一道桌上佳餚。來自客家媽媽樸質好味的「美好花生」就如店名一樣，以花生做為主力產品，傳承媽媽好手藝外，同時為追求好品質農作物來源，支持在地友善耕作，期望產品以低調味加工，讓消費者能品嚐食物的風土好滋味。

經營者鍾順龍、梁郁倫是多年好友，「美好花生」也等於是我在鳳林第二個家，郁倫常邀我到家裡吃飯，三個人從農作、植物、工作到生活瑣事，無所不談，而「吃飯配話」的料理，是順龍從鍾媽媽菜園現摘的新鮮蔬菜，經由郁倫巧手烹調成一道道美味家常菜。

鑑別出身，只需三樣美食

鄭順聰
作品有詩集《時刻表》、《黑白片中要大笑》，散文《海邊有夠熱情》、《基隆的氣味》、《台語好日子》，小說《家工廠》、《晃遊地》、《大士爺厚火氣》，繪本《仙化伯的烏金人生》。

插畫—Hui

在台灣走南闖北，我慣用台語來溝通（遇到其他族群更要尊重），尤其是吃小吃、逛菜市場、搭計程車時，用台語交談，除顯親切，更能採集到「前所未有」的詞彙和語句。

藉此，我磨練出台語腔調的「鑑識功能」，進一步可推知對方的出身（加姓氏綜合判斷）。準確度當然有誤差，但這樣據語言來辨識身份之手法，直如福爾摩斯探案，更像卡通柯南般精彩刺激。

任何的探查，即便如包青天明審辦案，都有基本的工具與方法。

我這語言偵探，在此貢獻簡單又便利的撇步（phiat-pōo），從台灣日常的食物說法，開始辦案！

第一步：番茄

家鄉嘉義市的噴水池旁，不只火雞肉飯著名，還有家冰果室，專賣各式果汁……不過，我們這些在地的內行食客，都會點番茄切盤——擺設極簡如花朵般盛開，沾的是醬油喔！混合薑末與香草粉，酸酸甜甜鹹鹹，是北回歸線上的清涼聖品。

每落座，來點餐，當然是說台語：一盤柑仔蜜（kam-á-bi̍t）！

聞得此言，老闆即俐落挑出番茄，執刀細心來切，如此日常。但我若說：一盤 thoo33 ma55 tooh3

（tomato），老闆心頭大概有數，此非在地人，大概是北部來的。

用番茄之台語說法來斷定南北，是台語鑑識的第一招撇步，準確性很高，甚至會被「識破身份」。

某次我到基隆某家著名燒賣店嚐鮮，看到店員歐巴桑忙進忙出，且蹲在我身旁，要調製雨都著名的「甜辣醬」。只見她將清醬油、膏醬油、辣椒醬攪拌混合，竟還多了一樣，讓我不禁脫口而出：「有摻柑仔蜜醬喔！」

踞伏的歐巴桑隨即轉身瞧我，點破身份：「你下港來的喔！」

原來，歐巴桑是台南白河人，北上雨都工作數十年，早習慣了基隆人說tomato，是英文轉日文再化作台語的音譯。而下港的「柑仔蜜」

採意譯，因這外來的洋物宛似柑仔（橘子），有蜜那般的甜美味道，就此命名。

但有些地方喚臭柿仔（tshàu-khī-á），顧名思義就是長得像柿子，卻有獨特的氣味，是從反面來立論的。

第二步：香腸

基本上，柑仔蜜多在中南部說，tomato流行於北部，將台灣切盤對半。以此基礎，我這位鑑識專家，要來做更為細膩的漸層分析。

以往演講時屢試不爽，以台語做主題，必定現場民調，問在場的學生與民眾：你們怎麼叫「香腸」？

基本上，苗栗以北到大台北地區，都說灌腸（kuàn-tshiâng），中南部皆稱「煙腸」。

然而，「腸」的發音，在嘉義地區發生了裂解。

大台中地區大多說煙腸（tshiâng），一直往南到嘉義，就有人說煙腸（tshiân）了，韻母iâng音變為iân。此非一條線的截然區分，嘉義、台南是混雜交錯的，基本上到了高雄、屏東，全部是煙腸（tshiân）的天下。

我滋滋有味分析著，貼在臉書得意的分享，卻有位臉友幽幽留言說：「我們宜蘭人都說燒腸（sio-tshiân / tshiâng）。」啥貨！宜蘭果然是自成一格的平原，不只是風景氣候人文，連用詞都tsín無仝！

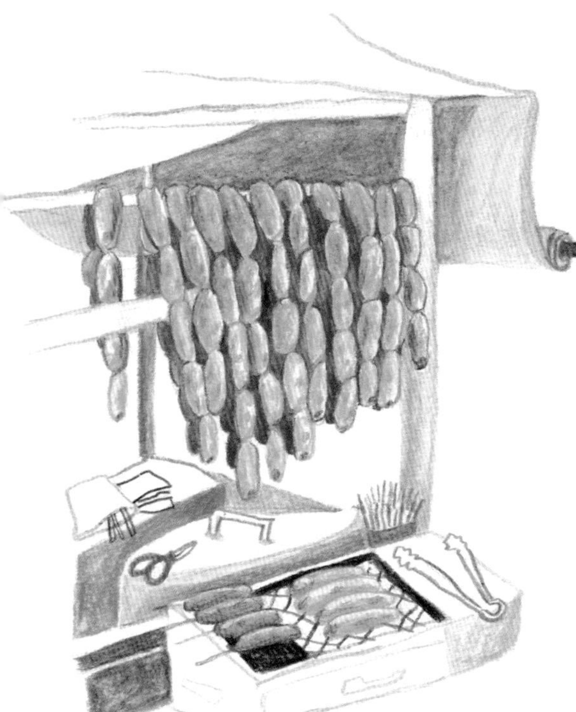

第三步：愛玉

香腸油香肉彈，深入台灣大街小巷，可劃分台灣南北，甚至揪出宜蘭人來。然而，香腸畢竟是外來物，不似愛玉，全世界只有台灣人洗來做晶瑩涼品，乃福爾摩沙獨一無二的美味，更是可以發掘市鎮地域的獨特語詞。

基本上，愛玉（ài-gio̍k）與華語共通，全台都有人說。用詞也有南北之分，北部大多說薁蕘（ò-giô），南部則歧異混雜，子仔（tsí-á）、草子仔（tsháu-tsí-á）、草仔子（tsháu-á-tsí）等等，各地不同。

某次到台南演講，我特別舉出偏拋（phian-phau）此詞，是我新竹朋友提供的（推測來自客語）。沒想到，真有人舉手，雖在台南教書，可是正統的風城人。

這些食物的異稱，是腔調與出身地的鑑識利器，也是談天說地激盪話題的最佳食材。

最後最後，若你面前的這個人，將愛玉稱為角水（kak-tsuí）……哇！這有神明保佑，你面前的這位朋友，來自北港，媽祖的故鄉。

鑑識功能，人神皆可，台語的腔調，充滿了神力。

高居地名榜首的厝屋寮

賴進貴
台灣大學地理系教授，專注地圖與地理資訊研究。出生於台北劍潭，成長於台北東區，見證台北都市變遷發展，積極推廣生活化地理，投入教科書研發，且為教育部課綱訂定委員。

插畫—Hui

我的老家在台北劍潭，幼時，父執輩習慣稱之為「山仔腳」，鮮少使用「劍潭」一詞。山仔腳內又有許多小分區（角頭），其中的「陳厝」家族是劍潭最大地主，大姊的陳姓同學住在花園洋房裡，「陳厝」對我們而言等同有錢人。母親娘家位於現在SOGO忠孝復興店旁，當年名為「康厝」，幼時陪母親回家總是很好奇，為何母親的親戚都住在那附近。這幾年從事地名研究，才發

早年坡地間的腦寮，多簡陋搭建。

現原來「厝」是台灣最普遍的地名。

聚落生出厝和屋

台灣的聚落地名，大部分是由「修飾詞」加上「名詞」所組成，常見的修飾詞包括：大、中、新、舊、頂、上、下、前、後、東、西、南、北、三、五等，至於名詞則非常多元，包括各種不同的地形、動物、植物、建物等。在四萬個左右的聚落地名中，出現頻率最高的地名名詞是「厝」和「寮」。

一群人共同在一地耕耘久了，自然就會興建長久居住的房舍，也就是閩南族群所說的「厝」，這些房舍可能三五成群聚集，因而有三塊厝、五塊厝的地名出現。也有以血緣或原鄉為名，如陳厝、張厝、南靖厝、惠安厝等地名。根據內政部「地名資訊服務網」中源自文獻的範圍，全台「厝」的聚落地名高達1969筆，是最普遍的名詞，廣泛分布在台灣西部平原地區，彰化縣尤其多。

和「厝」同義的用字為「屋」，屋是客家族群用語，這類地名也多達180個，主要分布在桃竹苗和高屏六堆等客家區。屋或厝的地名可以顯示聚落的族群屬性，而由兩個地名的分布，可約略顯示台灣閩、客族群分布。例如屋的地名最集中在桃竹苗地區，然而仔細觀察桃竹苗的屋、厝地名，可以發現「屋」集中在丘陵地帶，而海線地帶仍以「厝」地名為主，顯示閩南集中在海線、客家集中在山線，早年選舉許多縣市亦有山線、海線之分。

有寮才有生計

排名第二的地名用字是「寮」，共有1737筆。「寮」古字作「藔」，從草字頭，指的就是簡易搭建、非永久性的建物，通常是在農田或魚池旁的簡易工寮。在台灣的開發過程中，先民深入蠻荒，初期常搭建簡易寮舍作為遮蔽，如腦寮、菁寮、貢寮、魚寮等，分別代表了樟腦、藍染原料大菁等形形色色的生計產業。

除了這些不同開墾形式的寮之外，嘉義和台南地區還常見「溪底寮」的地名。其來由是早年民眾利用河川乾涸期間，在溪床上從事短期開墾，並在園地旁搭建簡易工寮。這類地名主要分布在中南部，北部則幾乎未見，主要原因在於北

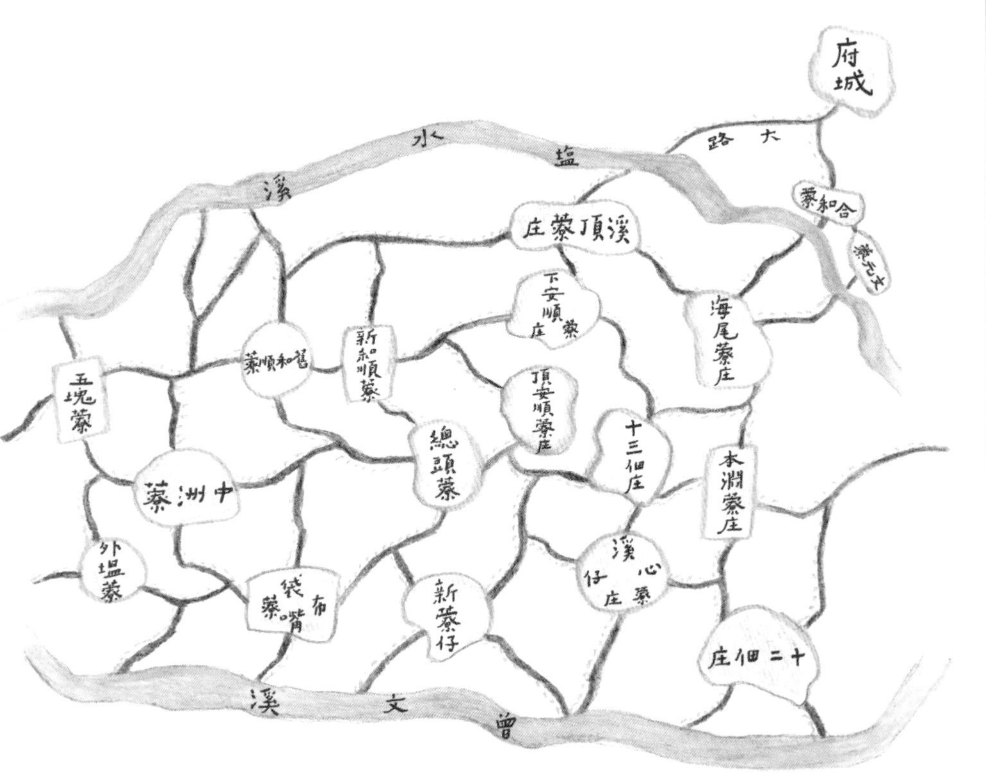

古地圖的台江十六寮分布。

部終年有雨，河川水量沒有顯著的豐枯差異，因此也不易在河底從事種植。相對而言，西南部乾濕季節分明，夏季颱風和豪雨時滾滾河水，秋冬之際到隔年春天則約有半年乾涸期，寬廣的河床得以用於開墾種植。溪底寮地名的南北分布差異，反映台灣南北的氣候和水文差異，顯現地名的豐富意涵。

過去漁村多設有魚寮，現在已不多見。

地名有記憶

全台灣寮的聚落地名大約有2500筆，其中台南市出現450筆左右，是全台寮地名最多的縣市。其中，安南區更是全台鄉鎮中擁有最多「寮」的地名。

安南區位居曾文溪出海口地帶，從1823到1911年，經歷四次重大改道，豪大雨造成大量泥沙沖刷，並隨著滾滾河水來到下游及出海口，使原本淺平的台江內海堆積出新生陸地。周遭民眾因此陸續移居至此地，搭建寮舍、開闢魚塭以從事養殖，隨著民眾生計穩定之後，陸續形成草湖寮、南路寮、中洲寮、溪頂寮、陳卿寮、和順寮、總頭寮、新寮、布袋嘴寮、溪心寮、海尾寮、本淵寮、公親寮、學甲寮莊、溪南寮、五塊寮等至少16個聚落，因而有「台江十六寮」之稱，寮的地名在此根深柢固。

對照1904年的台灣堡圖，即可看到沿海的西港、安南等區百年間滄海桑田的變化。然而即使自然地貌變動劇烈，地名所承載的記憶也會延續下來。這些隱藏在地名中的故事，就如同地層中所記錄的環境變遷軌跡耐人尋味。

基隆山，穿越時空的隔頂界山

蓋瑞
規矩遊走於地質與藝文之間的旅人，《Geostory聽聽地球怎麼說》科普平台共同創辦人之一，沉醉於探索地球科學的本質。現居清幽的山區小鎮，不斷以書寫向外界傳遞科普知識。

公車沿曲折的坡道向上，一座金字塔般形狀的山映入眼簾，那是基隆山，預告遊客即將抵達九份；許多遊客在九份老街站下車，公車在老街站短暫停留後繼續向上爬，很快的，車內廣播器以四種語言重複著「下一站，隔頂」。我按下車鈴，在踏出車門後大口吸入山上的第一口氣。

堅硬山體原是火山群

隔頂站是基隆山登山口的位置所在，登山口旁山壁有裸露而出傾斜的沉積岩層作為指標，表面因瑞芳多雨的天氣覆蓋一層厚厚的綠苔。

但造就基隆山主體的並非沉積岩，而是更為堅硬的安山岩。此區先是經過地層堆疊，之後受到臺灣北部大地活動作用，地底深部的岩漿竄升，侵入現在的基隆山、九份、金瓜石、武丹坑等地；部分岩漿則於現在的草山、雞母嶺等地直接噴出形成火山，這些火成岩體統稱為「基隆火山群」。

目前所見基隆山錐狀、山勢挺拔的地貌，是地表沉積岩層受風化侵蝕過後，堅硬的火成岩體裸露而成，也因這樣的地貌從海上看去像是地表被雞籠罩著，最初被稱為「雞籠山」，日後再演變成「基隆」兩字。

基隆山步道挑戰性不高，石階陡坡以當地的安山岩做成，灰底黑點稜角分明的石塊整齊排列。通常遊客來爬基隆山的目的，是為了眺望靠近東海的諸多景點如鼻頭角、水湳洞、八斗子、和平島等，但真正讓我醉心的，反而是回望隔頂的景象：自古以來，基隆山就作為九份與金瓜石的界山，以隔頂為界，西邊是景象繁榮的九份，東側往金瓜石的路上則座落密密麻麻的公

從基隆山山腰回望隔頂的景觀。

黑色金屬光澤的礦物為俗稱「黑礦」的硫砷銅礦。

墓，與九份形成強烈對比。越過隔頂，像是穿越時空，橫跨極為不同的世界；登山步道則成為沿基隆山山脊建成、分隔兩地的小小長城。

九份與金瓜石不只在景觀上有顯著的差異，兩地歷史發展也以完全相反的趨勢起伏變化。

金與銅改變兩地歷史地貌

受到基隆山火山群火山作用的影響，金瓜石與九份蘊藏豐厚的金礦。自劉銘傳時期鐵道工人於基隆河淘到砂金後，這裡就開始發展金銅礦業。雖然這兩地都產金礦，但金瓜石的黃金主要為肉眼不易看見的細粒金砂；反倒九份的黃金常與石英共生在礦脈中，晶粒大且清晰，九份的礦區因而開發得較早。

此外，金瓜石礦區一直以來由日本人企業化經營，因採集中式管理，所有挖掘採煉的黃金都歸管理者所有，挖礦工人並不像大家想像中可以一夕致富，只是挖礦帶來的周邊行業增加讓工作機會變多罷了。反觀九份礦區，原由日本人藤田傳三郎為首的「藤田組」經營，但遇到台日糾紛而將礦權轉讓給台人顏雲年後，顏家採用層層承租的三級包租制，讓不同階層的人都有利可圖，越來越多人因而湧入九份開採金礦，聚落繁榮程度遠超過金瓜石。

然而論黃金的儲量，金瓜石仍多於九份。九份在顏家的經營下採用沿著礦脈挖掘的「狸掘式」挖法，雖能有效的將礦脈中的黃金一網打盡，但最終仍是遇到礦脈掘盡的窘境。九份因無金可挖，人潮又漸漸外流。金瓜石此時反倒有賴企業化經營，加上擁有先進的提煉技術，能將岩石中肉眼不可見的黃金提煉富集起來，黃金產量遠超過九份。

造就金瓜石繁榮的不僅是黃金開採，銅礦採煉更是讓金瓜石的礦業發展擴大的主因。金瓜石出產的銅礦在過去稱為「黑礦」，因主要由深色含銅的硫砷銅礦及呂宋銅礦組成。日本人先是在開挖本山礦場的深處時發現這種世界罕見的礦物富集，後來又在不遠處發現蘊含大量黑礦的的長仁礦體。為了提煉這些含銅的黑礦，日本人在水湳洞一處興建煉製廠，中間又建設了斜坡索道與架空索道用以運送來自本山與長仁的礦石。金瓜石的礦業景觀因銅礦的採煉產生大規模的變化，礦產量也在二次大戰前達到高峰，規模堪稱東亞第一。

只是二戰過後，金瓜石跟九份一樣面臨礦業凋零，直到《悲情城市》、《神隱少女》等電影場景接連喚起瑞芳的礦業歷史記憶，九份因搭上這股風潮，又以觀光產業再造繁榮景象；此時的金瓜石則仍維持著蕭條的礦業風景。

九份與金瓜石兩地以隔頂為中心，經濟不斷呈現相反的漲落。儘管眼下金瓜石看來沒有九份繁華，但從歷史的脈絡來看，難說哪天它會找到新的優勢而再次受眾人矚目。而這樣的歷史脈動，也因站在隔頂才得以一覽全貌。

如果人人都是素人畫家

2017年進駐南方澳展開「在南方澳的海味生活」計畫，一邊在漁村做田野調查，一邊書寫漁村見聞；舉辦認識漁業、漁工的導覽活動。2019年和蘇澳青年共創「蘇澳KPI」，關心地方創生。

去年10月南方澳斷橋事件發生後，快速通往海邊的車行路線被阻斷，觀光客要前往內埤沙灘踏浪、散步或遊憩，得進入港區生活圈，多繞行一段距離。居民原本擔心車潮湧進唯一的道路會造成交通阻塞，然而適逢冬天東北季風強勁多雨的天氣，遊客數量並不多；今年又遇到新冠肺炎疫情影響，街上更顯冷清。居民和商家面臨一波又一波的打擊，心情和生計難免跌宕起伏。

日前，在蘇澳鎮公所和地方青年的引薦，一位擅長大型壁畫彩繪的年輕藝術家進駐，花了兩週左右的時間，在海邊一戶兩層樓高的

牆面上，繪製了鯊魚、鬼頭刀、鯨魚、海豚和飛碟共存的異想世界。鮮豔的色彩和趣味的構圖，吸引了群眾駐足，臉書上不乏遊客和地方人士打卡拍照分享。讓好一陣子氣氛處於低迷的南方澳，增添了活潑的熱度。

附近的民眾欣見這變化，覺得「南方澳需要多一點藝術和美感」。有人在傍晚等候垃圾車時，熱心的跟好奇圍觀路人介紹彩繪牆，卻也不免擔心海風強勁又富含鹽分，威脅力十足，彩繪牆很快就會斑駁。更有民眾反映，彩繪牆外經常停靠住戶的車子，擋住一大半風景，「促進觀光和關注度，需要社區一起配合，不然拍不出好的效果」；有的漁民路過，則是一本正經的建議「應該多畫一些南方澳的常見魚種，像是鯖魚、鮪魚、旗魚。」

其實南方澳港區內有不少藝術家的彩繪，如第一漁港旁邊的南寧站公車亭，和南寧里巷弄內一條通往山頂國小的階梯，分別都由地方人士發起，作品取材當地人文和物產，再交由藝術家完成。不過繪製至今過了五、六年，缺乏定期的管理修護，終究不敵風吹日晒的摧殘。

從事社區工作的前輩曾談及，推展公共事務時若民眾有完整參與的過程，會產生高度的認同感，進而主動介紹和照護。這不禁讓人好奇想像……如果下次人人都是素人畫家，會是什麼景象？

陂塘邊的寶箱

遊客對龍潭的第一印象，多是那一口偌大的陂塘——龍潭大池，古稱「菱潭陂」亦是龍潭的地名由來。隨之開發成長的，正是一座將近兩百年歷史的村莊「龍潭里」，地方耆老都稱這裡是「街上」或「老街」，很多歷史故事都源自於此，如果從現在的都市計畫角度來觀察，龍潭里正是我們所稱的「舊城區」。

在舊城區當中，我們稱之為「大廟」的，是主祀五穀爺（俗稱神農大帝）的「龍元宮」，守護龍潭將近兩百年，是重要的信仰神祇。廟埕周邊商家林立，熱鬧非凡，但要說這裡對居民而言是什麼樣的地方，或許就是一個再平常不過的生

張智宇

常被說是過度眷戀家鄉的男子，關注街頭人文歷史的軼事，記錄巷尾風景古物的變遷。於2016年共同發起龍潭舊市場翻轉計畫，成為今日的菱潭街興創基地。

活場域。不過這幾年，時常會看到成群的遊客，跟著導覽人員，穿梭在舊城區的大小巷弄，除了民間自發外，政府單位也多有安排行程。鄰居總會好奇地看一兩眼，或是在一旁討論這些遊客到底是在好奇什麼，為何如此專注？有時會問遊客們：「這些很吸引你們嗎？」但碰到遊客詢問，又是揮揮手說：「這裡就這樣，也沒什麼特別的啦！」

或許是因為我們習慣了這些日常生活，常會忽略它存在的價值。也正是從生活當中慢慢累積而生的故事，才能產生專屬地方的魅力。例如「上街」的一間中藥行，平常替人抓藥，其實仍保留解藥籤的傳統知識；「下街」一間販售神桌佛具相關用品的香鋪，住著一位北台灣少數還會手工製作線香的師傅；曾提供龍潭國小教師使用的日式宿舍裡，鍾肇政老師將他的生活故事撰寫成名著《魯冰花》，以及多部家喻戶曉的文學作品。宿舍修繕後改制成「鍾肇政文學生活園區」。另外，在地青年與居民們，不願看著因遭祝融而一夕沒落的「第一消費市場」漸漸荒廢，攜手翻轉此地成繽紛亮麗的「菱潭街興創基地」，除了延續市場的機能性之外，更重新點亮大家的回憶故事。

這些遊客陸續到訪舊城區，其實不是欣賞什麼大山大景，是想貼近這片土地，了解不同面向的生活故事。從這些遊客感興趣的角度，龍潭人也一同看見更多舊城區的文化價值，成為地方自信且驕傲的文化光點。

客家大院翻修記

研究所畢業，耕山農創社會企業負責人。長期從事地方工作，關注台三線區域長時段變化，目前致力於台灣地方創生方法論。

客家人的古典生活是生活在伙（夥）房中，也就是俗稱的三合院，寫成伙或是夥都可以。因為伙房就是一個以血緣為基礎，共同生產、消費的單位，強調生產稱夥房，重視消費稱伙房。然而，隨著大時代的變化，伙房生活已經式微，許多長輩相當懷念。

我們生活的流東社區，在十年前用古法打造了一間屬於大眾的客家大院，可以視為當代的公共伙房。這是社區營造的經典案例，原先是一個廢棄豬舍，在地主慷慨提供使用，大家同心協力下翻修成功，大院保持原豬舍的老梁柱，屋頂採用茅草鋪成，每兩年要增疊一次，這樣就可以防水，連颱風也不怕，令人讚嘆祖先的智慧。

古法的客家建築，每兩年小修，必須覆蓋茅草；十年要大修，全面翻新屋頂。拔茅草不是一件容易的事情，要使用全身的力氣，不只是手要有力，還要有正確的姿勢、充足的中氣。事實上，拔茅草也很考驗耐心，太陽強烈時，身虛脫；烏雲滿天時，心擔憂。就算我們身為客家人習慣在山林勞動，也並不輕鬆。

茅草拔下後要晒乾，成捆後再一把把載回來，等待上屋頂的日子。建造一座客家老工法的「茅草屋」看似平凡，但其實一點也不簡單。古法建造不比現代建築，沒有SOP或工法記錄，所有技術都在老人家的記憶裡，每一次修改都是一個考驗。可以說，每一個長輩心裡與身體都刻滿屬於山林的勞動記憶，我們能做的事情就是將其復刻出來。今年十年大修，再現了過去農村換工互助的精神，社區長輩又再次捲起袖子大展身手。長輩依照年齡分工：81歲的老師傅「阿旺伯」，照常爬上屋頂鋪茅草，指導後輩工；70歲到80歲的長輩由前理事長陳光乾帶隊上山拔茅草；60歲到70歲的「年輕長輩」由阿堂哥帶領上屋頂鋪茅草。事實上，十年前有些大力支持的長輩「阿霖伯」、「阿生伯」也已經成仙了。為了能再次呈現客家工法，傳承長輩的意志，我們大力動員社區。

用古法興建客家大院的硬體功夫不簡單，而背後默默支持的軟體系統也很不容易。如果沒有社區理事長黃順盛、總幹事吳梅蘭、前理事長陳光乾及夫人，還有許許多多社區的長輩一起堅持，流東大院的十年之約不會如期完成。因為這些長輩們大力協助，我們才能繼續傳承客家文化，保存台灣農村的成長故事。

農村就是一座遊樂場

楊富民

從未離開花蓮豐田村，自稱繭居在這塊土地、長達28年的在地青年。現任職於社團法人花蓮縣牛犁社區交流協會，以新視野從事社區改造、記錄等工作項目。

今年過年前，村子裡的阿嬤跑來說：「阿弟仔，豐裡村那裡有建案你敢知影？」。我們聽了很好奇，便隨著阿嬤一起去到現場。建地旁圍起了波浪鐵皮，鐵皮板上掛著一個個輸出粗糙的帆布，上面寫「豐裡慢慢——極簡中，看見平凡生命中的不凡」。

阿嬤問我們：「獨棟……這什麼？」她指著下面那一排字「Villa品味聚落」。又看見「60坪大小，8米雙車位」阿嬤好笑地說：「唉唷，8米雙車位，這裡還需要停車位哦？」我們跟阿嬤解釋，這一排是建商來蓋房子啦，要賣給都市人的。阿嬤不死心的往工地裡頭

瞄上幾眼：「不知影伊會生做怎樣……」。

告別了阿嬤，那一塊帆布上寫的字卻一直讓我難忘，他們引用安藤忠雄的話「建築應該保持沉默，讓光與風為建築說話。」我不知道安藤忠雄看到自己的話出現在看板上會有什麼樣的想法，但我一直認為，建築的沉默，應該是因為它不斷的與周遭環境對話，從對話之中重塑一個街區、一個村落，乃至一個城市的模樣。

從幾年前農舍興起，整個農村便開始長得特別詭異。我們村的山下蓋了一棟頗有農村風的豪宅，院子或許有三、四分地大，用木頭圍籬圍得像是美國西部的農場，主人奢侈的養了一頭小馬在院子裡奔騰。另一廂，則是有個富豪花上幾億元，將自己的家打造成峇里島風格的豪宅，除了極大的院落，據說還特別請了郵輪從峇里島購買許多具有年分的老家具在家中擺設，偶而也做民宿，一晚所費不貲。

有一年，我跟著長輩們去打工拔雜草，其中一塊草場便在養馬的豪宅旁，正午我們在它的圍籬旁靠著、等待日頭稍歇。突然後方一陣嘶鳴，是那戶主人的小馬在看著我們。70歲還在工作的阿嬤嚇了一跳，罵了一句：「恁祖媽，有錢人真會玩！」

這時候我才發現，阿嬤說的話真有道理，整個農村就像是他們的遊樂場一般──建案上寫著「回歸自我，享受度假品味的生活態度」，在2020年的當下，恰巧也見證人們看見農村的刻板與歧視。

九點後的看戲時光

對我來說，在斗六舊城區生活，是個晚上9點以後，還能喝到一杯西市場的大叔椰子汁就很知足的小鎮。

近期在這裡的兩件大事，除了新冠肺炎疫情延燒不退、小孩口罩買不到以外，連帶影響到「4月之後，雲林就沒有電影院了！」不知是否因受到疫情影響，斗六中華影城與虎尾白宮影城，這兩間雲林僅存的電影院，接連公告將休息與暫停營業，消息一出，讓在地人紛紛感嘆：以後看電影要跑外地了。

時間回到40年前的斗六市，當年最時髦的電梯大樓、歌舞廳、撞球場、戲院、三商百貨，齊在雙子

李宜倩

出生地在宜蘭，在台北長大，來到雲林唸書、創業，喜歡吃花生捲冰淇淋，還在努力跟茴香做朋友，現為三小市集市集經理。

星大樓開幕營業，在那個戲院百家之爭鳴、膠卷電影火紅的年代，老斗六人一說「雙子星」，啊——那是我爸媽第一次約會的地方，以及跟先生去看電影，從女朋友看到變太太的甜蜜回憶！而戲院裡的師傅，更是職人精神的實踐寫照，整間戲院從收票、放映、清潔到畫電影招牌，都是王阿伯一人包辦，三步併作兩步爬上陡峭階梯，來回兩個放映廳，邊放映邊清場，阿伯萬能的身影早在許多影迷們心中留下深刻印象。

2012年，全盛時期有五、六家戲院榮景的斗六市，最後一間雙子星戲院，仍不敵膠卷產業沒落與房東轉賣而宣告歇業。還記得終場電影放映日，片尾曲是木匠兄妹的「Top of the world」，時間似乎就停留在膠卷電影盛極一時的光景。

20年之間，先是電視DVD的數位化浪潮，取代了耗時費工的膠卷電影，而後是智慧型手機大幅度地改變了人們的消費與娛樂型態，隨著戲院與影城相繼暫離斗六居民的生活，我們從戲院裡走了出來，晚上漫步到斗六車站鐵支路旁的黑膠酒吧、聽黑膠音樂配滷肉飯，到手沖咖啡店坐坐聊天、在老街上悠閒散步。

也許詮釋文化的載體持續更迭，但娛樂的需求不會消失，夾帶著前人的努力與心血，戲院噠噠噠的膠卷運轉聲猶在耳邊，我們，都得繼續向前。

（圖片提供／黃見達）

從廟務開啟的尋根之旅

徐孝晴

經營位於屏東市勝利星村的獨立書店「繫。本屋」，受過族群文化研究訓練。店內除了擁有許多人類學及飲食研究議題的書籍，也致力挖掘不同層面的族群文化及民間信仰。

還記得小時候有一次父親撥電話給我時，從話筒另一端傳來客語，當時因為同學都在身旁，覺得自己講客家話會被當成異類，下意識地就用國語回他。結果回家被他怒罵：「你是認為你當客家人很丟臉嗎！講客語怎麼了！」這段回憶仍烙印在我腦海中，也反映出當時的方言和各族群文化，在主流強勢文化中默默消逝的樣貌。而我一直到就讀研究所時，才開始有意識地關注自己的家鄉，也才發現住了20幾年的家鄉，其實與其他地方相當不同。

頭崙埔，現名華山里，是位於屏東市區東北角與長治鄉接壤的一個小聚落，日治時期由於地廣人稀，吸引了許多來自台灣北部的客籍移民前來，大多在此過著農耕生活，也在農田的周邊設立了伯公信仰。但因時代的變遷，庄廟已發展成頗具規模的信仰中心——華山萬福宮及伯公廟。如今，這群客家人已於此生根、延綿四代，也和台灣各地的都市客家聚落同樣面臨著客家福佬化的狀況，而青年人口外移的窘境，也讓廟宇組織遭遇了世代交替的難題。

位於廣東路的伯公廟前，已成為一個相當繁榮的商業區，大路上的房子現今大多承租給外來的生意人，在地人反而移居到其他區域。但信仰中心仍因商業區發達而香火鼎盛，只是這群「當代」的香客並不會參與廟務，因此管理及祭祀組織依然有著青黃不接、後繼乏人的問題。2018年神明降乩，指示因大廟老舊，已有安全性等問題需進行廟宇重修，當年正逢委員會改選，於是我們這群三、四十歲世代的青年們就正式承繼家族第四代參與廟務的工作。

庄內的小孩大多自大學後就離開家鄉，對於庄廟的祭祀、管理幾乎一竅不通，更何況是重修廟宇這等大事。但承接廟務的年輕人，卻對於相關任務都擁有著使命感及榮耀感。特別的是，神明降乩時除了指示修廟相關事項外，也相當有「文化敏感度」地要求我們訪查並整理耆老口述史，描繪出頭崙埔百年前的舊村莊地圖後雕刻成石碑，得以讓後人瞭解到庄內過去的歷史及樣貌。因此，這些日子我們到處拜訪耆老，與他們一起回憶舊事。

台灣各個都市及鄉野的傳統信仰中心，都有凝聚眾人的力量。閒暇之餘，關注並參與自己家鄉的大小事，經由投入瞭解家鄉的過程，能更認識自己、甚至更認識他者。

流動生活——實現二地居住、自創工作的新可能

地味手帖【00】

主編 —————— 董淨瑋
特約編輯 —————— 林書帆
封面設計 —————— 廖韡
內頁設計 —————— D-3 Design

社長 —————— 郭重興
發行人 —————— 曾大福
出版 —————— 裏路文化有限公司
發行 —————— 遠足文化事業股份有限公司
地址 —————— 新北市新店區民權路108-3號8樓
電話 —————— 02-2218-1417
傳真 —————— 02-2218-8057
Email —————— service@bookrep.com.tw
客服專線 —————— 0800-221-029

法律顧問 —————— 華洋國際專利商標事務所 蘇文生律師
印刷 —————— 凱林彩印股份有限公司
初版 —————— 2020年6月
初版二刷 —————— 2020年12月
初版三刷 —————— 2023年2月
定價 —————— 350元

Printed in Taiwan

流動生活：實現二地居住、自創工作的新可能 / 董淨瑋主編. -- 初版. -- 新北市：裏路文化出版：遠足發行, 2020.06
面； 公分. -- (地味手帖)
ISBN 978-986-98980-0-3(平裝)
863.55　　　　　109004040